双葉文庫

蘭方医・宇津木新吾

遺文

小杉健治

目次

蘭方医・宇津木新吾　遺文

第一章　揚がり屋の男

一

陽が落ちると急に寒くなった。落ち葉が風に舞い、草木も枯れはじめている。永代《えいたい》橋から見る大川《おおかわ》端の風景もなんとなく物悲しく思えた。

小名木《おなぎ》川にかかる高橋《たかばし》を渡り、宇津木新吾《うつぎしんご》は深川常盤《ふかがわときわ》町二丁目の通りに入った。八百屋、惣菜屋、米屋など小商いの店が並ぶ通りが途切れて、狭い間口の二階家が並んでいる場所に差しかかった。軒行灯《のきあんどん》に灯が入り、戸口に襟首《えりくび》まで白粉《おしろい》を塗りたくった女の姿がちらほら見える。

軒下に『叶屋《かのうや》』と書かれた提灯《ちょうちん》がさがっている家の戸口にいた女が新吾を見て軽く会釈《えしゃく》をした。

この辺りの女郎屋に何度か往診に来たことがあるので、顔馴染みだった。

角を曲がると、古ぼけた家並みが続いた。やがて、空き地の先に掘っ建て小屋と見紛《みまが》う大きな平屋が見えてきた。庇《ひさし》の下に『蘭方医村松幻宗《むらまつげんしゅう》』と書かれた木の札が下がっている。幻宗の施療院だ。

三年近く前に長崎《ながさき》遊学から江戸《えど》に帰った新吾はこの施療院で働いた。松江《まつえ》藩のお抱え医師になってやめたが、今も幻宗の弟子であることには変わりなかった。

白い筒袖の着物に裁《た》っ着《つ》け袴《ばかま》の幻宗は内庭に面した縁側のいつもの場所に腰を下ろしていた。幻宗は一日の診療を終えたあと、庭を眺めながら湯呑みに一杯だけ酒を呑んで心を落ち着かせるのが常だった。

新吾は幻宗のそばに腰を下ろした。いかめしい顔は浅黒く、目が大きくて鼻が高い。老成していて風格があるが、まだ四十には達していない。

「何かあったのか」

「いえ。なにもありません」

新吾は答えて、

「ただ、牢屋医師をしておりますと、ひとの命とは何なのかと、考えさせられることが多いので」

病気を治してやっても、やがて死罪になる囚人もいる。いずれ死んでいく者に高価な薬を与え、手当てしてやることにどのような意味があるのかと本気で牢屋同心から言われたこともあった。

目の前の患者を助ける。それが医師の務めだと幻宗の教えを守っているが、新吾が戸惑うのは牢内でのひと殺しだ。

作造りと呼ばれるひと減らしのための殺しが闇の中で行われるのだ。牢屋医師は明らかに殺しの疑いのある死体でも病死として検死をすませることが当たり前になっている。

「医者が診る相手に金持ちも貧しい者もない。身分は関係ない。男も女もない、善人も悪人もない。ただひとりの患者がいるだけだ」

「そのことはよくわかるのですが」

「確かに、手当てをして病状が回復したのに、その後死罪になっていくのを見ることは辛いことだ。だが、医者の務めは病気を治すことで終わっている。その後のことは医者の権限の及ばぬことだ」

幻宗は厳しい顔で言う。

「そうですね」

「ただ、牢獄はひとの命が軽んじられているだろうことは想像に難くない」

「はい」

幻宗の声を聞いているだけでも、新吾は元気が出てくる。

「そうそう、先日も揚がり屋で、土生玄碩《はぶげんせき》どのを見かけました」

「……」

新吾は幻宗の戸惑ったような顔をはじめてみた。

土生玄碩は一介の藩医から奥医師《おくいし》まで上り詰めた男だ。白内障《はくないしょう》の施術である穿瞳《せんどう》術を会得し、眼病を患うひとびとを治して名声は高まり、大名の姫君の重い眼病を治してやったことが江戸中の大評判になった。

それからというもの引きも切らず患者は押しかけ、莫大な財産を築いた。患者の薬《やく》礼《れい》を無造作に袋に貯め、その重さで床が潰れそうになったというほどだ。大名などにも金を貸しているという。

ところが、玄碩は一昨年九月に起きたシーボルト事件に連座して投獄された。屋敷、財産は没収されたのだ。

「財産を没収されて、ご家族は困っているのではないかと気になりましたが、玄碩どのはこざっぱりした着物を着て、顔色もよく、とてもお元気でそうでした」

玄碩は捕縛される前に財産をどこかに隠したという噂《うわさ》があった。その隠し財産のおかげで、家族は悠々と暮らせ、牢にいる玄碩には高価な差し入れがあるのだ。

土生玄碩の話題を続けようとしたが、幻宗の顔が厳しいのを見て、新吾は再び口にするのを憶した。

そのとき、施療院の医者の助手をし、さらに患者らの面倒を見ているおしんが小走りに近づいて来た。新吾に軽く会釈をしてから、

「先生、旗本の長尾《ながお》久兵衛《きゆうべえ》さまのお屋敷の方がお見えになり、久兵衛さまが刀で斬られて瀕死の様子だそうです。すぐにお出でくださいとのことです」

「わかった」

幻宗は湯呑みに酒を残したまま立ち上がり、

「おしんにも手を貸してもらおう」

「はい」

「先生、私もお手伝いを」

新吾も進んで言う。

「よし、来てもらおう」

「はい」

幻宗は施術道具を揃え、長尾久兵衛の屋敷に急いだ。

界隈には武家屋敷も多く、刃傷沙汰《にんじょうざた》もときたまある。長尾久兵衛に何があったのかわからないが、医者は怪我の治療をするのが務めだ。

六軒堀《ろっけん》にかかる橋を渡り、六軒堀町を抜けると小禄の武家屋敷が並んでいた。長尾久兵衛は三百石の旗本であり、門の両側に長屋が建てられている屋敷だった。

門番所の脇の潜り戸を抜けて屋敷内に入る。門番に言われたように脇玄関に向かうと、細面の用人らしき侍が待っていた。

「さあ、早く」

新吾も幻宗とおしんのあとに続いて部屋に向かった。

おしんは部屋の前にいた女中にお湯を沸かすように言う。

部屋に入ると、武士がふとんに寝かされていた。ほとんど身動《みじろ》ぎせず、血の気の失せた顔を上に向けていた。

行灯を幾つか廻りに置いた。太い眉毛で、鼻が高い。三十二、三歳だろう。左肩から腹部に向かって斬られている。さらに腹部も横に水平に斬られていた。

傷口から血が滲んでいる。幻宗の指示に従い、新吾は血で体にへばりついた着物を引き裂いて剝がす。女中がお湯を桶《おけ》に入れて持ってきた。

おしんが患者の体を拭く。傷はかなり深い。濯《すす》いだ桶の湯は真っ赤に染まった。新吾が手燭《てしょく》の明かりを近づける。幻宗は用人と中間《ちゅうげん》に患者の肩と足を押さえさせた。

幻宗は患者に鎮痛薬を飲ませた。次に液で傷口の周囲を拭く。患者はときおり痙攣《けいれん》したようにぴくっと体を動かすが、あとはほとんど反応はない。

おしんが糸を通した小針を幻宗に渡す。幻宗はすぐに縫合をはじめた。針が食い込み、腹から抜くたびに患者は呻いて動くが、それも一瞬だけだった。

縫合を終え、傷口に薬を塗り、晒《さらし》を巻いた。

「いかがですか」

細面の武士が幻宗に声をかけた。

「かなり深い傷であった。もう少し手当てが遅かったら助からなかったかもしれぬ。あとはこの患者の運に任せるしかないが、今のところ五分と五分だ」

幻宗は厳しい顔で言い、

「薬剤を置いて行くので、飲ませるように。明日の朝、参る。何かあったら夜中でも構わぬ。施療院まで知らせるように」

幻宗は部屋を出た。新吾とおしんはあとに続く。

脇玄関で用人が幻宗にきく。

「薬礼のほうは？」

「無用だ」

幻宗は答える。

「無用？　いらないということで？」

「そうだ」

そう言い、幻宗はさっさと外に出た。

「ほんとうにお金をとらないのですか」

用人が新吾にきいた。

「はい。幻宗先生はお金をいただきません」

「でも、それではこのあと診ていただけないのでは？」

「その心配はありません。必ず、面倒をみます」

新吾は安心させるように言い、脇玄関を出て、幻宗を追った。

幻宗はどのような患者からも金をとらないのだ。金があろうが武士だろうがまったく関係ない。幻宗の前ではどの患者も平等なのだ。

そういうことが出来るのも、幻宗に後ろ楯があってのことだ。施療院を運営していく元手がどこからか出ているのだ。

幻宗の施療院の金主《きんしゅ》は誰か。そのことが長く疑問だったが、最後にある考えに落ち着いた。

幻宗は松江藩の藩医であったが、そこを辞めたあと、全国の山中を薬草を求めて歩き回ったという。

そのとき、たくさんの薬草を見つけた。そして、どこかの山中に広大な薬草園を作った、薬種問屋と手を組み、その薬草からたくさんの薬をとって売っている。その金で施療院をやっているのではないか。

新吾は今はそれを信じていた。ところが、公儀隠密《おんみつ》の間宮林蔵《まみやりんぞう》が妙なことを言っていた。

幻宗が作ったという薬草園の場所が見つからず、薬種問屋も特定出来ない。それより、薬草園のことを隠す必要はない。間宮林蔵は薬草園からの上がりで施療院をやっているという考えに疑問を入れたのだ。

そのことから、施療院の金主の件は振り出しに戻った感があった。

そこで、土生玄碩のことが脳裏を掠めた。一時は玄碩が幻宗の金主ではないかと思った。だが、玄碩はシーボルト事件に連座して投獄され、屋敷、財産は没収されたのだ。それでも、幻宗の施療院は何事もなく続いている。そのことから、玄碩が金主であるという考えは消えたのだ。

ところが、牢屋敷の揚がり屋で、玄碩が比較的悠々と暮らしていることを知った。新吾は施療院に寄り、施術道具を置いてから小舟《こぶな》町の家に引き上げた。


翌朝。黒い雲がゆっくり移動している。晩秋の風が宇津木新吾の顔に当たる。

新吾は小伝馬《こでんま》町の牢屋敷の門をくぐり、牢屋同心長屋の奥にある牢屋医師詰所に向かった。

新吾が半年間の約束で牢屋医師になってから二か月が過ぎた。

七十俵五人扶持《ぶち》の御徒《おかち》衆田川源之進《たがわげんのしん》の三男である新吾は幼少のときより剣術と同様に学問好きであった。

宇津木順庵《じゅんあん》に可愛がられ、乞われるようにして養子になったのも、宇津木家に行けば、蘭学の勉強が出来ると思ったからだ。その期待どおり、養父順庵は新吾を長崎に遊学させてくれたのである。

江戸に帰った新吾は村松幻宗と巡り合い、幻宗の施療院で働き、その後、松江藩のお抱え医師から現在は牢屋医師である。

詰所に行くと、本道（内科）の谷村六郎《たにむらろくろう》が横になっていた。町医者伊吹昭六《いぶきしょうろく》の弟子だ。昨夜も宿直だったのだ。

本道の医師はこの伊吹昭六と新吾のふたりで、新吾が忙しいときは伊吹昭六の弟子の谷村六郎が代わりを務めるという当初の約束だったが、いつしか谷村六郎は伊吹昭六の代わりになっていた。

谷村六郎は起き上がって、おはようと挨拶《あいさつ》をした。新吾も挨拶を返し、

「昨夜は何事もありませんでしたか」

と、きいた。

「急病人は出なかった」

谷村六郎はがっかりしたように言う。

最近、また無宿牢に入牢者が増え、満杯に近くなっている。そうなると、作造りといい、牢内で人減らしのために犠牲者が出る、

牢内での殺しも、牢屋役人の急死の訴えそのままに牢屋医師は病死として診断する。そうすれば牢屋役人から袖の下がもらえるのだ。

谷村六郎はそれが狙いで当直を進んでしている。

「宇津木先生、本道の三輪田《みのわだ》先生が帰ってくるそうですね」

谷村六郎がいきなり口にした。

「帰ってくる？」

新吾はきき返した。

「伊吹先生が仰っていました。半年の予定が早まって近々帰ってくるそうです」

「そうですか」

新吾は正直なところほっとした。

牢屋奉行支配にある鍵役同心の増野誠一郎《ますのせいいちろう》から懇願《こんがん》され、牢屋医師になったのだ。牢屋医師のひとりである三輪田良斎《りようさい》がある事情から半年間江戸を留守にすることになった。代行だ。新吾のことは南町の定町廻《じようまちまわ》り同心の津久井半兵衛《つくいはんべえ》から聞いたという。

戸が開いて、外科の川島文拓《かわしまぶんたく》がやって来た。三十前で、ぎょろ目の肥えた体をした男だ。

「おはようございます」

文拓に挨拶をしてから、谷村六郎は再び新吾に顔を向けた。

「そうなると、宇津木先生はここを引き上げるのですか」

「私は代行ですので、そうなります」

「何の話か」

文拓が口を入れた。

「三輪田先生が帰ってくるそうです」

「良斎先生が？」

文拓の表情が曇った。

新吾はおやっと思った。

「文拓どの。三輪田先生に何か」

新吾はきいた。

「いや、別に」

「文拓どのは三輪田先生とは？」

「ここで三年もいっしょでしたからね」

「三輪田先生は、どんな事情があって江戸を離れたのですか」

「そんなことは知らない」

「どこへ行ったのでしょうか」

「さあ」

文拓は顔をしかめた。

いずれにしろ、三輪田良斎が帰ってくれば、新吾は牢屋医師の役目を終えることになるのだ。

新吾は牢屋同心に頼んで揚がり屋に足を運んだ。

「玄碩どの」

牢屋同心が声をかけた。

玄碩は差し入れの書物を読んでいた。医学のものではないようだ。

「牢屋医師の宇津木先生がお話をしたいそうだ。中に入ってもらう」

「わしはどこも悪くない」

玄碩は書物から顔を上げずに言う。

「入れてください」

新吾は同心に言う。

鍵を差し込み、扉を開ける。

新吾はくぐって中に入り、玄碩の近くに腰を下ろした。

「宇津木新吾と申します。村松幻宗先生に師事しております」

「……」

玄碩は顔を上げた。六十代半ばを越えているはずだが、ふっくらとした顔の色艶もよく、元気そうだった。

「幻宗どのとな」

「はい。深川の施療院にしばらくおりました」

玄碩は値踏みをするように新吾の顔を見た。

「おまえさんも長崎に遊学していたのか」

「はい。吉雄権之助《よしおごんのすけ》先生に師事しておりました」

吉雄権之助は長崎通詞の吉雄耕牛《こうぎゅう》の妾の子だ。子どもの頃よりオランダ語の達人で、さらに蘭医について外科学も修めた。

吉雄耕牛は蘭通詞であり、オランダ流医学を学び、家塾『成秀館《せいしゅうかん》』を作り、蘭語と医学を教えた。多くの門人がおり、江戸蘭学の祖と言われた杉田玄白《すぎたげんぱく》もそのひとりである。幻宗も耕牛の私塾で修業を積んできたのだ。

吉雄権之助は父耕牛のあとを継ぎ、若い蘭方医の育成をしている。新吾はそこで五年間修業した。

「シーボルトどのが作った『鳴滝塾《なるたきじゆく》』を知っているのか」

「はい、ときたま講義を受けに行きました」

「そうか。まさか、あのようなことが起ころとはな」

シーボルト事件のことを言っているのだろう。不思議なことに、玄碩は淡々として
いた。後悔や牢屋に閉じ込められた焦りなどはないのだろうか。
「失礼ですが、玄碩先生はなぜ、そのように平静でおられるのですか。このような場
所に閉じ込められたことへの不満はないのですか」
「わしは成功し過ぎた。倅《せがれ》まで罪をかぶり、奥医師を解かれたが、今も医者として
やっている。わしがいなくとも十分にやっていっている。成功し過ぎた分、その罰を
受けるのはいたしかたあるまい。まあ、厄払いのようなものだ」
財産、家、屋敷を没収され、息子にも影響が及んだが、いずれ息子は奥医師に復帰
出来るという自信があるようだ。
「玄碩先生は幻宗さまとは親しい間柄なのでしょうか」
新吾はきいた。
「いや、シーボルトどのが江戸に来たとき、訪問先の宿で会ったぐらいだ。それより、
おまえさんはなぜ牢屋医師を？」
玄碩は幻宗の話題を避けたかのように思えたのは気のせいか。
「三輪田先生がお戻りになるまでの代役です」
「そういえば、あの先生、しばらく見かけないな」

「そろそろお戻りになるようです」

「戻ってくるのか。すると、おまえさんは用済みってことか」

玄碩は頷《うなず》きながら言ったあとで、

「外で呼んでいる」

と、牢格子に目をやった。

顔を向けると、同心がこちらを見ていた。

「そろそろ行ったほうがいい」

「はい。では、失礼いたします」

新吾は立ち上がった。

詰所に戻ると、谷村六郎は寝そべっていた。物音を立てないように、新吾は離れた場所に腰を下ろし、『西説内科撰要《せいせつないかせんよう》』という書物を開いた。宇田川玄真《うだがわげんしん》が翻訳したもので精神錯乱、頭痛、嘔吐、疱瘡《ほうそう》、麻疹《ましん》などの説明がある。

が、すぐに昨夜の武士の容体が気になって、書物に集中出来なかった。かなりの深手だった。何があったのか。そのことも気になっていた。

二

ふつか後の夕方、新吾は牢屋敷から深川に向かった。

永代橋を渡り、佐賀《さが》町の通りを歩いていると、岡っ引きの伊根吉《いねきち》と手下《てか》の米次《よねじ》が口入れ屋の『岩田屋《いわた》』から出てきた。

「宇津木さま」

伊根吉が声をかけた。南町奉行所定町廻り同心笹本康平《ささもとこうへい》から手札をもらっている岡っ引きである。

「これは親分」

「今、牢屋医師をなさっているとお伺いしましたが?」

「ええ、代役ですので一時的なものですが。親分はまた何かの探索ですか」

新吾はきいた。

「ええ、旗本の長尾久兵衛さまを斬って逐電《ちくてん》した若党の探索です。長尾久兵衛さまの手当てをしたのは幻宗先生だそうですね」

「ええ。私も立ち会いました」

「そうですか」

「その後、長尾さまの容体はいかがですか」

「一時は危なかったようですが、今は持ち直しているようです」

「それはよかった。で、若党が下手人なのですか」

「ええ。向こうに」

ひとが歩いてくるのを見て、伊根吉は路地を曲がって大川端に向かった。

波打ち際に立ち止まって、

「主人の長尾久兵衛さまを斬ったのは五年前から奉公している赤城文太郎《あかぎふみたろう》という男です。三年前から若党に取り上げられたそうですが。赤城文太郎は主人を斬り、手文庫にあった五十両を奪って逃げました」

「赤城文太郎はまだ逃げ回っているのですか」

「ええ。文太郎は『岩田屋』の世話で、長尾家に奉公しているのです。請人は『岩田屋』の主人の知り合いの権兵衛《ごんべえ》という男でした。ところが、岩田屋も権兵衛も、赤城文太郎の逃亡先に心当たりがないんです」

「文太郎はなぜ、長尾さまに斬りつけたのでしょうか」

「わかりませんが、五十両を奪おうとしたのを長尾さまに見つかり、襲いかかったのではないかと」

「なるほど」

「文太郎は上州《じょうしゅう》の赤城村の出身で、それで赤城と名乗っているのです。赤城村に逃げたかもしれないんで、中山道《なかせんどう》も調べています」

伊根吉は経緯《いきさつ》を話してから、

「じゃあ、これで」

「宇津木先生、また」

米次も会釈して、伊根吉のあとを追った。

三百石の知行取りの旗本長尾久兵衛の若党であった赤城文太郎は主人久兵衛を襲い、瀕死の重傷を負わせ、五十両を奪って逃げたという。

長尾久兵衛は助かりそうだったので、新吾は赤城文太郎のためにもよかったと安堵《あんど》の胸をなで下ろした。

新吾は常盤町二丁目の幻宗の施療院に向かった。小名木川にかかる高橋を渡り、常盤町二丁目の町中に入って行く。

施療院に着くと、ちょうど幻宗が往診に出かけるところだった。

「お出かけですか」

「長尾さまのお屋敷だ」

「何かありましたか」

長尾久兵衛に異変が生じたのかと思った。

「いや、薬の交換だ」

「容体は？」

「まだ、安心は出来ないが、なんとか一命はとりとめそうだ」

「ごいっしょしてよろしいでしょうか」

「うむ」

見習い医師の若い男が薬籠《やくろう》を持ち、幻宗についていった。

長尾久兵衛は座敷で横になっていた。傍らに、妻女《さいじょ》がいた。三十路らしい落ち着きのある奥方だ。用人が奥方の背後から心配そうに様子を窺っていた。

幻宗は久兵衛の傍に座り、まず肩に巻いた晒をとる。薬を塗った布を剝がす。長い縫合の痕がくっきり残っている。

見習い医師が幻宗の指示に従って、薬を塗った布を患部にあてがう。

久兵衛の呼吸も落ち着いている。

「もう心配はいりませんが、まだ安静に」

幻宗は言い、立ち上がった。

用人が見送りのために立ち上がった。

玄関を出るとき、新吾は用人にきいた。

「若党の赤城文太郎と長尾さまに何があったのでしょうか」

「わかりません。あれほど目をかけてもらっていたのに」

「五十両を奪ったそうですね」

「そうだ。金を奪おうとして殿に見つかったのかもしれぬ」

「赤城文太郎はなぜ五十両が必要だったのでしょう」

「わからぬ」

「よけいなことを聞いて失礼しました」

新吾は頭を下げてから幻宗を追った。

幻宗は施療院に帰った。夕餉《ゆうげ》の支度《したく》が出来ていた。

近所のひとが野菜や米などを差し入れし、食事の支度や掃除などもしてくれている。

薬礼をとらないということで、近所のひとがいろいろ支援をしてくれているのだ。

幻宗が夕餉を取り終えたあと、新吾は幻宗の部屋に行き、

「長尾さまはもう心配ないようでございますね」

と、切り出した。

「長尾さまの強靭《きょうじん》な体がなければ危なかったであろう」

「いえ、先生が施術をしなければだめだったはずです」

「これも長尾さまの運だ」

幻宗は決して自分の手柄だとは言わない。

「来る途中、伊根吉親分に会いました。若党の赤城文太郎を追っているそうです」

「……」

「五十両を盗もうとして長尾さまに見つかったということでした」

「新吾、それ以上はいい。目の前の傷病人を治すだけのことだ」

「なぜ、斬られたかを知らなくていいのでしょうか」

「必要ない」

幻宗はきっぱりと言った。

「喧嘩《けんか》で斬られようが、押込みの仕業《しわざ》だろうが、あるいは恨みからだろうが、そのようなことは治療する上で役に立たぬ。何度でも言うが、医者は目の前にいる傷病人を治すことに専念すればよい」

幻宗は言い切った。

新吾は反論しかかったが、思い止まった。誰に斬られたのか、それはあくまでも自分だけの興味に過ぎない。それを知ったところで治療の役には立たない。そのことはわかっているが、しかし、どうしても事件の背景を知りたくなる。

そう思うのは、自分がまだ医師として未熟だからか。

新吾の心を読んだように、

「わしの信念を口にしただけだ。そなたにはそなたなりの考えもあろうから、自分の思ったとおりに動けばいい」

と、付け加えた。

「はい」

新吾は大きく頷き、

「ふつか前、土生玄碩さまとお話をいたしました」

と、思い切って口にした。

「……」

「玄碩さまは囚われの身とは思えぬほどお元気でいらっしゃいます。家族からの差し入れで優雅に暮らしているのでしょうが、焦りのようなものは感じられません。どうして、あのように泰然としていられるのでしょうか」

「医者としてやり切ったという思いがあるのだろう。自分が苦労して身につけた医術を倅が立派に引き継いでくれたのだからな」

「はい。玄碩さまもそのようなことを仰っておいででした」

「なに、玄碩どのがそのようなことを？」

幻宗は顔を歪めた。

「何か」

「いや」

幻宗は首を横に振った。

「それにしても、玄碩さまは入獄の際、財産をどこかに隠したという噂を聞きましたが、いったいそれほどの財産をどこに隠したのでしょうか」

新吾は続けてきいた。

「財産を安心して隠せる場所などあろうか」

「でも、信頼のおけるお方に預ければ……」

新吾は幻宗のことを思い描いて言った。玄碩の莫大な財産を幻宗が預かり、その中から施療院の掛かりをもらっている。そんな想像をしたのだ。

「玄碩どのは利殖の才がおありだそうだ。稼いだ金を大名や大身の旗本に貸していると聞いたことがある。貸し付けている金だけでもかなりの額に違いない。利子だけで、そこそこの実入りになるのだろう」

確かに、貸し付けてあれば、金は手元にない。だから、押収されることはなかった。その後、貸し付け先から少しずつ返してもらえば、暮らしに困ることはない。

「かなりの額を大名貸しにして……」

「待ちなさい。他人の財産のことをあれこれ言うのではない」

幻宗は珍しく強い口調になった。

「はあ、すみません」

「ひとに対する見方は見る角度によって大きく異なる。さきほどの玄碩どのが牢内で元気で、泰然として暮らしているということは別の見方も出来る」

「なんでしょうか」

新吾は思わず身を乗りだしていた。

「早く牢から助け出そうと、家族が有力な者に賄賂を贈っているという噂がある」

「……」

「確かに自分が苦労して身につけた医術を倅が引き継いだことは玄碩どのにはこの上

ない喜びであろう。しかし、倅は入獄こそ免れたものの、奥医師を免じられたのだ。決して、玄碩どのが満足する状況ではない」

「そうなんでしょうか」

「玄碩どのはなかなかしぶといお方だ。だから、あれほど上り詰めることが出来たのだ」

「先生は玄碩さまのことをお認めになっていらっしゃるのですか、それとも……」

「もちろん偉大な眼科医であることは認めている。ただ、ひととしてわしと玄碩どのはまったく違う」

「そうですか」

「新吾、そなたはいやに玄碩どののことを気にしているが、何かあるのか」

「いえ、そういうわけではありません。ただ、揚がり屋でお見かけしたのでこれも何かの縁かと思いまして」

「いずれ、玄碩どのは復活するであろう」

幻宗は言い、

「もう、玄碩どのの話はいい」

と、打ち切るように言った。

この施療院には玄碩どのから金が出ているのではないかときたかったのだが、口に出せなかった。

日本橋《にほんばし》小舟町の家に帰ると、妻の香保《かほ》が迎えてくれた。

香保の父親は上島漠泉《うえしまばくせん》といい、表御番《おもてごばん》医師だった。シーボルト事件に巻き込まれ、失脚し、今は三ノ輪で町医者をして細々《ほそぼそ》と暮らしている。

もっとも、今では貧しいながら町医者の暮らしを楽しんでいるようだった。

香保の手を借りて常着《つねぎ》に着替えて順庵のところに行く。

義父順庵は酒を呑んでいた。

「帰ってきたか」

順庵は目の縁を赤くしていた。

新吾が牢屋医師になってから、順庵がひとりで診療をしている。

新吾がいっしょに診療をするようになってから、通いの患者を多く診るようにした。その代わり、薬礼は安くしている。通いにしたほうが、たくさんの患者を診てあげられるのだ。ほんとうは幻宗の施療院のように患者から金をとらずに診てやりたいのだが、他に収入の手立てのない身ではそこまで出来なかった。

それでも新吾がお抱え医師だった頃は、その肩書のせいで富裕な商家からの依頼が多かった。富裕な患者には順庵が往診をし、それなりの実入りがあった。その頃は順庵も得意の絶頂だった。

往診には駕籠《かご》が必要だと言いはじめた。往診先の患者への見栄《みえ》のためにも医者は駕籠で乗り着けなければならないのだと訴えた。

ところが、新吾がお抱え医師をやめてから、富裕な商家から往診の依頼はかからなくなった。

「新吾も呑め」

湯呑みを摑んで酒を注いだ。

「すみません」

新吾は湯呑みを摑んだ。

一口すすってから、

「診療のほうはいかがですか」

と、新吾はきく。

「忙しい。患者は押し寄せている。目の回るような忙しさだ」

順庵は苦い顔で言い、

「それなのに赤字だ」

と、不満をぶつけた。

「申し訳ありません」

薬礼を安くしているのでめったなことでは医者にかかろうとしないひとも気楽にやって来るのだ。だから、忙しい。

しかし、実入りは少ない。労が多いだけだ。

「薬礼を他の医者並にするしかない。それがいやなら金のある患者からは多くとるようにすべきだ」

「……」

「幻宗どののやり方を真似ても所詮無理だ。新吾の牢屋医師の手当てではどうにもならない」

「はい」

新吾は香保に目を向けた。

香保が何か言いかけようとしたが、順庵がすぐ口を入れた。

「香保も言いにくいから口にしないだけだ。その後、どうだ?」

「どうというのは?」

「松江藩の話だ」

「いえ、その後は……」

新吾は江戸家老の宇部治兵衛《うべじへえ》に乞われ、松江藩のお抱え医師になった。ところが、松江藩の御家騒動に巻き込まれ、お抱えを退くことになったのだ。

もう松江藩とは縁が切れたと思っていたが、新吾が牢屋医師を引き受けた直後、藩主嘉明《よしあき》公の近習番《きんじゅばん》の高見左近《たかみさこん》がわざわざこの家にやって来て、もう一度藩医にならないかと言ってきたのだ。今は御家騒動も決着し、松江藩も落ち着きを取り戻したという。

しかし、もう松江藩とは関わりない身であり、今は牢屋医師としての役目を果たしているので、その気はないとはっきり断った。

「なんとかもう一度、お抱え医師に返り咲いたらどうだ？」

「しかし、いろいろあって、私はお抱えをやめさせられた身ですから」

新吾は困惑して言う。

「だが、改めて声がかかったではないか。我を張らないで、素直に受け入れたらどうだ。そうすれば、うちだけでなく患者も助かるのだ」

いつぞやは助け船を出してくれた香保が今夜は黙っているのは、内証《ないしょう》が苦しいと訴えているようだった。

「義父上《ちちうえ》、私がふがいないばかりに申し訳ありません」

新吾は素直に頭を下げた。

「どうするか、少し考えさせてください」

「うむ。考えてくれればいい。新吾、飯はまだなんだろう。香保、支度を」

「はい」

「わしは先に寝る」

順庵は立ち上がって部屋を出て行った。

「義父上もお疲れのようだな」

「はい。患者が毎日たくさん来ますから」

「香保、おまえにも苦労をかける」

「いいえ。私は何の苦労もしていませんよ」

香保は表御番医師上島漠泉の娘として、門構えも立派な屋敷に住み、何不自由なく暮らしていた。ところが、漠泉もまたシーボルト事件の巻き添えを食い、表御番医師の任を解かれ、財産、屋敷も没収された。

シーボルト事件さえなければ、香保は優雅に暮らしていただろう。そのことを言う

と、香保は真顔になって、

「もし、私が表御番医師の娘で、何不自由なく暮らしていたとしたら、新吾さんは私を妻にしてくれなかったんじゃありませんか」

「……」

「父が表御番医師でなくなったから、私は新吾さんとこうして夫婦になれたのです。最初は同情からかもしれないと思いましたけど」

「同情からではない。それに、表御番医師の娘のままだったとしても妻にしていた。あの頃は権勢というものに反発していたんだ」

「あの頃の私はとてもわがままでした」

香保はにこりと笑い、

「今はとても仕合わせよ」

「香保」

新吾は思わず香保の肩を抱き寄せた。

患者を守る務めがあるが、それ以前に香保や義父母を守っていかねばならないのだと、新吾は改めて自分自身に言い聞かせていた。

三

それから三日後の夕方、新吾は一日の診療を終えて牢屋敷を出た。

紅く染まっていた西の空もだんだん色が消えて濃紺になっていく。浜町堀《はまちようぼり》に差しかかると、辺りは暗くなってきた。

浜町堀を過ぎたとき、数人の同心と小者《こもの》たちが横町から出てきた。その中に、岡っ引きの伊根吉がいて、その横で子分の米次が後ろ手に縛られた侍の縄尻をとっていた。

痩せた侍だ。

新吾に気づいて、伊根吉が近寄ってきた。

「赤城文太郎を捕まえました」

長尾久兵衛を斬った若党だ。

「どこにいたのですか」

「高砂《たかさご》町の知り合いの家に潜んでいました」

「そうでしたか。もっと遠くに逃げていると思いましたが、案外と近くにいましたね。捕縛のとき、抵抗はされなかったのですか」

「いえ、まったく。どうやら、体調が思わしくないようです。踏み込んだとき、布団に横たわっていました」

「赤城文太郎は体調を崩していたのですか」

「そうです。だから、遠くに逃げられなかったのでしょう。これから大番屋《おおばんや》で取調べです。では」

伊根吉は一行のあとを追った。

小舟町の家に帰ると、まだ患者がいて順庵が診療をしていた。

なんだかんだと言いながらも、順庵は患者には真摯《しんし》に向き合っている。

「お帰りなさい」

香保が出てきた。

部屋に入り、着替える。

「昼間、義父上にお客さまがありました。松江藩のお方のようです」

新吾の背中から着物を着せ掛けながら香保が言う。

「高見左近さまでは？」

「いえ。使いの方のようでした」

高見左近の使いかもしれないと思った。

「新吾、帰ったか」

廊下から順庵の声がした。

「はい」

順庵が襖《ふすま》を開けて入って来た。

「患者さんはお帰りに？」

「ああ。やっと終わった。ちょっといいか。話がある」

「はい」

順庵は部屋に入ってきた。

順庵と差し向かいになった。

「昼間、高見左近どのの使いが来られた」

やはり、そうだったと、新吾は思わず憂鬱《ゆううつ》になった。

「お誘いですか」

「新たに招聘《しょうへい》した近習医《きんじゅい》は、公儀の奥医師の弟子筋に当たるお方だそうではないか。その者と親しくなれば、栄達《えいたつ》に何かと有利になると、左近どのが仰っているそうだ」

奥医師とは将軍や御台所、側室の診療を行う医師である。

「お使いの方は義父上にお会いに来たのですか」

新吾は不思議に思ってきいた。

「わしから新吾を説き伏せて欲しいということだったが、高見左近どのが新吾にまた会いたいそうだ」

順庵は膝を進め、

「新吾、なんともいい話ではないか。奥医師と繋がりを得ておけば……」

私は栄達には何ら興味はありません、という言葉が出かかったが、新吾は喉の奥に呑み込んだ。

順庵は少し間を置いてから、

「新吾。この前の話の続きだ。現状ではいずれ診療代を値上げしなければやっていけなくなる。しかし、松江藩の話を引き受ければ、この問題は解決出来る」

「……」

「お抱え医師の看板を掲げれば、金持ちの患者が増えるのは身を以《もっ》て感じたことではないか。そちらからの実入りが増えれば、貧しい者への診療は安く出来るのだ」

金持ちから金を取り、その金を貧しい患者にまわしてやる。幻宗の施療院のように金があろうがなかろうが、一切診療代をとらないというのは背後によほどの後援者がいないと無理だ。

「また、高見左近どのがそなたに会いにくるそうだ。さあ、そろそろ飯だろう」

そう言い、順庵は立ち上がった。

新吾も複雑な思いで腰を上げた。

いったい、なぜ、それほど高見左近は新吾に執着するのだろうか。一度はやめさせたのではないか。

御家騒動の余波も治まり、藩が落ち着いたとしても、それだけで一度やめさせた者を再び雇おうとする意図がわからない。

またぞろ、何かの騒動が沸き起こっているのか。そんな騒動に巻き込まれるのはまっぴらだ。

翌日の夕方、小伝馬町の牢屋敷にひとりの侍が送られてきた。浜町堀で大番屋に連れていかれる途中に見かけた長尾久兵衛の若党赤城文太郎だ。

陪臣の取調べは町奉行所の管轄だ。若党の赤城文太郎は侍身分のために揚がり屋に収容された。

鍵役同心の増野誠一郎の依頼で、新吾は赤城文太郎の診察のために揚がり屋に入った。

「牢屋医師の宇津木新吾です」

文太郎のそばに行き、挨拶をし、

「お体の様子を診せていただきたいのですが」

と、口にした。

「結構だ」

「えっ？」

「診る必要はない」

「しかし、体が辛そうだと奉行所のほうからの……」

「もうだいじょうぶだ」

「念のために」

新吾はなおも言う。

「いい」

文太郎は突っぱねる。

青白い顔だ。頬骨《ほおぼね》が突き出ている。頬の肉も落ちている。胸元から肋骨が浮き出ているのが見える。

もともとはがっしりした体つきだったのに違いない。

「お侍さん。診てもらいなさい」

奥から声がかかった。

玄碩だった。

「そのひとは若いが村松幻宗というすご腕の蘭方医の弟子だ。信じていい」

「村松幻宗……」

文太郎の顔色が変わった。

「あんた、幻宗の弟子か」

「そうです」

「幻宗のせいで俺のやったことは無駄になった」

文太郎は声を震わせた。

「長尾久兵衛さまのことですか」

「そうだ。せっかく俺が叩きさったというのに助けやがって……」

文太郎は口惜《くや》しそうに言う。

「医者は目の前に怪我をしたひとがいれば全力で助けます」

「助けていい者といけない者がいる。あの男は助けてはいけないのだ」

「医者にはその判別はつきません。いえ、そんな考えはないのです」

「いいか。幻宗に会ったら言っておけ。よけいな真似をしやがってと、俺が怒り狂っていたとな」

「私も幻宗先生と共に長尾さまのお屋敷に駆けつけました」

「なんだと」

文太郎の目が鈍く光った。

「幻宗先生でなければ長尾さまは助からなかったでしょう。傷病人を助けるのは医者の務めです」

「よけいな真似をしてくれたのだ」

「なぜ、長尾さまを斬ったのですか」

「……」

「五十両を盗もうとして」

「嘘《うそ》だ」

「嘘？」

「五十両のことは嘘っぱちだ。長尾久兵衛は俺が病気だと知ると、解雇すると言い出し、給金も払わない。そのことで言い合いになって、ついかっとなって斬りつけたんだ」

「盗みを見つかって斬りつけたのではないのですか」

「違う」

「でも、用人どのは手文庫にあった五十両がなくなっていたと」

「蒲原《かんばら》って用人か」

「そうです」

「あの男は嘘をついているのだ」

文太郎はそう言ってから、

「そんなことはどうでもいい。長尾久兵衛は回復するのか」

「回復するでしょう」

「ちくしょう。幻宗が目の前にいたら叩ききってやるところだ」

文太郎は急に苦しそうに胸を押さえた。

「落ち着いてください」

文太郎を仰向けに寝かせ、胸から腹部を調べようとした。だが、痛そうに唸った。

「痛むのですか」

「うむ、ときおり激しい痛みが襲う」

新吾は用意してあった薬を出した。

「薬なんか無駄だ」

「痛み止めです」

「痛み止め？」

文太郎はひったくるようにして薬を口に含んだ。

かなり痛いのだろう。

「ちょっと診せていただきます」

強引に着物の前をはだけ、新吾は腹に手を当てた。その瞬間、無気味な感触があった。腫瘍が出来ている。なぜ、こんなになるまで放っておいたのだとため息をついた。

「わかったか。なにをしても無駄なのだ」

それには答えず、

「また、痛みがひどかったら、夜中でも呼んでください。私以外の医師にも薬を渡しておきますから」

と言い、新吾は揚がり屋を出た。

詰所に戻ってから、谷村六郎に、

「揚がり屋の赤城文太郎がもし夜中に痛みで苦しいようでしたら、この薬を飲ませてください」

と、頼んだ。

「わかりました」

谷村六郎は薬を受け取った。

新吾は牢屋敷を出てからいったん小舟町の家に帰り、すぐに出かけた。

永代橋を渡り、佐賀町に行く。

岡っ引きの伊根吉の家を訪れた。格子戸を開けて、土間に入って声をかける。すると、米次が出てきた。

「宇津木先生じゃありませんか」

「すみません、夜分に。親分さんはいらっしゃいますか」

「ええ。ちょうど今帰ってきたところです」

米次は奥に引っ込んだ。

着替えを済ませたばかりなのか帯を締めながら、伊根吉が出てきた。

「すみません。突然、お邪魔《じゃま》をして」

新吾は詫びる。

「いえ、ひょっとして赤城文太郎のことですか」

「そうです。きょうの夕方、牢屋敷の揚がり屋に入り、診察をしました。腹部に異常がありました」

「そうですか」

「赤城文太郎は五十両を盗んでいないと言っているのです。長尾久兵衛さまが病気を理由に解雇しようとしたので、かっとなって斬りつけたのだと言い張っています」

「ええ。大番屋でも、そう申し立てていました。しかし、用人の蒲原どのは手文庫から五十両なくなっていたと言ってました。それに、病気のことは誰も知らなかったそうです」

「長尾さまも知らなかったと?」

「そうです。ですから、病気を理由に解雇しようとしたなんてありえないと」

「ずいぶん食い違っていますね」

新吾は首を傾げ、

「赤城文太郎の周辺から五十両は見つかったのですか」

「それが出てこないのです。赤城文太郎が隠れていた家からも、また赤城文太郎の知り合いの者にも五十両が渡った形跡はありません。ただ、我らの知らない人物がいるかもしれないので、そのほうを今調べています」

「長尾さまのほうはどうなんですか。手文庫に五十両入っていたということですが、そのことに間違いないのでしょうか」

新吾は確かめる。

「じつは、用人の蒲原どのが申し立てているだけで、そのことを誰も知らないのです」

「親分はどう見ているのですか」

「わかりません。ただ、事情がどうあれ、赤城文太郎が長尾さまを斬ったことは紛れもない事実ですので」

「そうですね。本人も認めていますね」

「ええ」

「赤城文太郎は渡り徒士《かち》ですね」

「確かに渡り者ですが、長尾久兵衛さまのところには五年いるそうです。それまで中間だったのが、三年前から若党に昇格したそうです。忠義者だったそうです」

「そうですか。すると、赤城文太郎にとっては気に入っていた奉公先ということになるのでしょうか。だから、病を理由に解雇を告げられて逆上した……。でも、それで斬りかかったりするでしょうか」

新吾は腑に落ちなかった。今のところ、それ以上きくことはなかったので、

「夜分にすみませんでした」

と、別れの挨拶をした。

「いえ。こちらも何かありましたらご相談いたしたいと思いますので」

「わかりました。では」

新吾は礼を言い、伊根吉の家を出た。

それから、小名木川に沿って歩き、高橋を渡って、常盤町二丁目にやって来た。

新吾が施療院に着いたときにはすでに幻宗は夕餉を終え、自分の部屋にいた。

新吾は襖の前で声をかけた。

「先生、新吾です」

「入れ」

中から声がした。

「失礼します」

新吾は襖を開け、部屋に入った。

幻宗は文机《ふづくえ》に向かっていた。書物を開いている。薬草に関するもののようだ。幻

宗は新しい薬を考えているのだ。新吾にはその背中がとてつもなく大きく見えた。

幻宗は文机の前から離れ、新吾の向かいに腰を下ろした。

「申し訳ありません。お邪魔して」

新吾は謝った。

「構わぬ」

「じつは、また松江藩から誘いがかかりました」

以前、高見左近が訪ねてきた話をした。

「御家騒動の余波も治まったということですが、私はもう松江藩に戻るつもりはなく、お断りしたのですが……」

「……」

幻宗は黙って聞いている。

「新たに招聘した近習医は、公儀の奥医師の弟子筋に当たるお方だそうです。そのお方と親しくなれば、栄達に何かと有利になろうと。栄達に興味はありませんが……」

「新吾。自分の行きたい道を行くことだ。わしがとやかく言うべきことではない」

「はい。なれど、先生の考えをお聞きしたいのです。先生は、はじめて私がお抱え医師に招かれたとき、反対のようでした」

「あのときは御家騒動に巻き込まれる恐れがあったからだ」

「今はいかがでしょうか。松江藩に何か」

「松江藩をやめて、もう何年も経つ。わしにはもう事情はわからん。ただ、いったんやめさせておいて再度の呼び出しは、新吾に何らかの期待をしているのであろう」

「期待？」

「お抱え医師というお役目以外でだろう」

「それはなんでしょうか」

「わからぬ。ただ、気になるのが、新たに招聘した近習医が、公儀の奥医師の弟子筋に当たるということだ」

公儀隠密の間宮林蔵がいまだに松江藩に目をつけ続けていることを思い出した。いったい、間宮林蔵はなにを探っているのか。

「新吾。栄達のことはともかく、奥医師の弟子筋に当たる医師と親しくなっておくことは、今後何かと役に立つに違いない。ただし」

幻宗は厳しい顔になり、

「さっきも言ったように、松江藩は新吾に何らかの期待をしているようだ。それが奥医師に通じる何かだとしたら……。いや、憶測はよそう」

「先生、仰ってください。どんなことでも頭に入れておきたいのです」

「いや、わしの考えすぎだ。見当違いなことが頭にあると、行動を迷わす。気にするな」

「はい」

「しかし、牢屋医師の約束は半年ではなかったか」

「それが半年間江戸を留守にするはずだった三輪田先生が予定を早めて帰ってくるようなのです」

「なに、予定を早めて？」

幻宗は厳しい顔になった。

「はい。まだ、詳しいことは聞いていないのですが」

「……」

「何か」

「いや」

幻宗は首を横に振ったが、何かを気にしているようだ。

「ともかく、どの道を行くかは自分で考えて決めることだ。そして、決めた道は迷わずに突き進むことだ」

「わかりました。ありがとうございました」

新吾は頭を下げたあとで、

「長尾久兵衛さまはいかがでしょうか」

「完治まで数か月はかかるかもしれぬが、あと十日もすれば喋《しやべ》れるまでに回復するだろう」

「それはよございました。じつは長尾さまを斬った赤城文太郎という若党がきょう牢屋敷にやって来ましたが、痩せ細って病に罹っております。胃の腑に痼《しこり》がありました」

「痼の大きさは」

「かなり大きくなっております」

「そうか」

難しい顔をした。

「本人は治療を拒んでおります。死罪になると思っているので、病を治す気はないのです。ただ、痛みだけはなんとかしたいそうです」

「そなたの見立てはどうだ?」

「はい。いつぞやの患者と同じ症状です。ただ、あのときの患者より若いので進み具合が早いのかもしれません」

「痛み止めを与えるのだ。痛みが解消されれば、心持ちも変わる」

「はい。それでは」

新吾は改めて腰を上げた。

四

数日後の朝だった。牢屋敷の門を入り、新吾は詰所に行った。

宿直だった谷村六郎が湯呑みを口にもっていき、喉に流し込んでいた。茶ではないようだ。そばに徳利があった。

ふと、いやな予感がした。谷村六郎は牢舎から帰ってきたのだ。

「ひょっとして牢内で死者が？」

新吾はきいた。

「無宿牢で病死が三人」

谷村六郎は憤然《ふんぜん》と言う。

病死ではない。作造りが行われたのだ。牢内が満杯になると、ひと減らしのために夜中にこっそりひと殺しが行われる。

朝になって牢屋役人から訴えが出て、牢屋医師が検死に行く。そして、病死と診断し、牢屋役人から袖の下をもらう。

それを役得としているのだ。

「どうしたのですか。いつもなら死者が出ても平然としていますのに」

新吾は皮肉を言う。

「あんなあからさまな殺しでも病死に……」

途中で、谷村六郎は声を呑んだ。これまで不審死をすべて病死としてきた谷村六郎も、明らかに殺しとわかる死体を病死としたことに心が咎めたのか。

「どんな症状でしたか」

「ふたりは窒息死でしたが、もうひとりは目のまわりが腫れて、体に痣《あざ》が出来ていました。殴られたようです。喧嘩でもあったんじゃないですか」

「娑婆《しゃば》で犬猿の仲だった相手が入ってきたのでしょうか。まさか」

新吾はあることを考えた。

「まさかってなんです」

谷村六郎がきく。

「作造りが行われているのを見て、止めに入ったとか」

「そこまでする男がいるでしょうか」

谷村六郎が疑問を呈する。

「そうですね。仮に気づいても、騒げないでしょうね。やはり、喧嘩ですか。でも、そんなに顔を腫らしていたら牢屋同心も疑いを持つのでは？」

「別に何も」

「やはり、大事にしたくないのですね」

「そうでしょうね」

谷村六郎がため息をつく。

「それにしても、殴られた痕があろうがなかろうが、作造りは殺しです。夜中に数人掛かりで体を押さえつけ、濡れ紙を口と鼻に押しつけて窒息死させているのです。そのことには何も感じないのですか」

なぜ、窒息死は平気なのに殴られた痕のある死体には動揺するのかと、新吾は皮肉混じりにきいた。

「だって窒息死はもしかしたら、ほんとうに病気かもしれないと思わせる余地がありますからね。でも、目のまわりが腫れて、体にも痣があったらどうしようもありません」

　ほんとうに病死かもしれないと思うことで、疚しさを薄めてきたということか。

　そのとき、戸が開いて、牢屋同心が顔を出した。

「揚がり屋で赤城文太郎が胸を押さえて苦しがっています。お願い出来ますか」

　同心は谷村六郎に目を向けて言う。この数日、谷村六郎が痛み止めを飲ませに行っているので、谷村六郎を見たのだろう。

「宇津木先生、お願い出来ますか」

　谷村六郎は尻込みした。

「わかりました」

　新吾は立ち上がり、薬籠を持って詰所を出た。

「それまでなんともなかったのですが、急に苦しみ出して」

　同心の案内で牢舎に入る。

　女牢の並びに、下級武士や僧侶、医師などが入る揚がり屋がある。新吾はその前に立った。

　赤城文太郎が向こう向きに横たわっていた。新吾は揚がり屋の扉をくぐった。大牢や無宿牢と比べて収容されている人数が少ないぶん、ゆったりとしていた。

新吾は赤城文太郎の枕元に座り、声をかける。

顔が青白い。手首をとり脈を計る。脈拍は速いが、とくに問題ではなかった。

「どこが痛むのですか」

「腹だ」

声は小さく、弱々しかった。

着物をはだけようとすると、

「いい」

と、今度は小さいが強い口調で言った。

「どうしてですか」

「以前にも言ったはずだ。治療はいらないと」

「痛みは？」

「痛み止めをもらうだけでいい」

「せっかくですから診るだけ診せてください」

「いいと言ったはずだ」

「それならなぜ、私を呼んだのですか」

「俺は死ぬのは怖くない。ただ、ひとつだけ、心残りがあるんだ」

「なんですか」

「頼みがある」

「頼み？」

新吾はきき返す。

「神田岩本町《かんだいわもと》のおかげ長屋に丑松《うしまつ》という男がいる。この男に会って、どうなったかときいてきてくれ」

「それでわかるのですか」

「わかる。それから丑松のことは誰にも言わないでくれ」

「なぜですか」

「先生には関係ない」

「しかし、岡っ引きはあなたが盗んだとされる五十両を探していますよ。誰かの手に渡ったのではないかと。それが丑松さんなのでは？」

「五十両など盗んでないと言ったはずだ。それに丑松とは数えるほどしか会っていない。親しい間柄ではない。ともかく、会って来てくれ」

「承知しました」

ふと視線に気づくと、玄碩がこちらを見ていた。

新吾は手当てを終えたふりをして、赤城文太郎から離れた。外に出て、振り返ると、牢格子の隙間に玄碩の顔が見えた。新吾を見ていたようだ。赤城文太郎は顔を反対に向けて横になっていた。

玄碩は新吾と目が合うと、微かに笑い、顔をそむけた。家族から同心たちにかなりの付け届けがあるらしく、玄碩は丁重に扱われているようだ。捕縛される前にどこぞに財産を隠したらしい。没収されてもまだかなりの財産があるようだ。

「宇津木先生。どうでしたか」

同心がきいた。

「胃の腑に痼が出来ています」

「心配な状態ですか」

「ええ」

「そうですか」

外に出てから、新吾はきいた。

「揚がり屋での赤城文太郎の様子はいかがですか」

「殊勝です。我々にも丁寧に接しています。主人に大怪我を負わせ、五十両を奪って逃げた男とはとうてい思えません」

　同心は気になったのか、

「今後の治療は？」

「本人が拒んでいます」

「拒んでいる？」

「覚悟が出来ていると言ってました」

　新吾は首を横に振った。

　いったん、詰所に戻った新吾は、

「ちょっと出かけてきたいのですが」

　と、谷村六郎にきいた。

「揚がり屋はどうでしたか」

　谷村六郎が逆にきいた。

「たいしたことではありませんでした。もう、だいじょうぶです」

「それはよかった」

「出かけてきたいのですが」

「ええ、かまいませんよ」

谷村六郎は揚がり屋に病人が出るのが困るのだ。大牢や無宿牢の囚人はたとえ見立て違いをして命を落とすことがあっても問題になることはない。だから未熟な谷村六郎でも安心して治療が出来るのだ。

罪を犯した者であろうが、医者にとって命の重さは善人と変わらないのだと諭したことはあったが、谷村六郎はあまり感じないようだった。そんな谷村六郎が殴られて死んだ囚人を病死としたことに気が咎めていた。

だが、さっきの滅入っていた様子はなくなっていた。もう気持ちを切り換えていた。

新吾はため息をつくしかなかった。

「もし、厄介《やっかい》な患者が出たらあとで私が診ます」

「だいじょうぶですよ」

谷村六郎は笑って言い、

「どうぞ、お出かけしてください」

と、勧めた。

「では、出かけてきます」

新吾は詰所を出た。

神田岩本町は目と鼻の先だ。小伝馬町の牢屋敷を出て、すぐに岩本町にやって来た。

赤城文太郎は金を奪おうとしたところを見つかって主人の長尾久兵衛を殺したのだろうか。奪った金の五十両は見つかっていない。その金が丑松という男に渡っていることも考えられる。

おかげ長屋はすぐにわかった。長屋木戸を入り、洗濯物を干している大柄な女に声をかけた。

「丑松さんの住まいはどこでしょうか」

洗濯物を手にして、女は顔を向けた。ふくよかなやさしそうな顔をしている。

「奥から二軒目です。でも、今はいないですよ」

「もう出かけましたか」

「丑松さん、昨夜は帰っていないみたいですよ」

女は微かに表情を曇らせた。

「帰ってない？」

「ええ、納豆売りが来ても、出て来なかったから。毎朝、納豆を買っていたのに出て来ないから具合でも悪いのかと覗いてみたらいなかったのよ」

新吾は胸騒ぎがした。

「どこに行っているのかわかりませんか」

「さあ」

「こういうことは以前にも？」

「滅多にないわ」

「たまには帰ってこないこともあったのですね」

「そうね」

「そんなときはどこにいっているんでしょうか」

「さあ、どこかで遊んでくるのかもしれませんけど」

「丑松さん、何をしているお方ですか」

「日傭取《ひようとり》りです。『岩田屋』という口入れ屋で仕事をもらっているようです」

「丑松さん、幾つぐらいですか」

「二十七とか言ってました」

「最近、丑松さんの金回りはいかがですか」

「金回り？」

「お金に余裕があるとか」

「そんなことはないですよ」

「そうですか。またあとで来てみます」

新吾は長屋を出て、牢屋敷に戻った。

表門を入ると、鍵役同心の増野誠一郎が同心詰所から出てきた。新吾は増野誠一郎に声をかけた。

「増野さま。ちょっとよろしいですか」

新吾は声をかけた。

「なんでしょう」

「三輪田良斎先生が江戸にお戻りになるそうですね」

新吾は確かめた。

「もうお耳に入りましたか」

増野誠一郎は驚いたようにきいた。

「谷村六郎どのから」

「そうですか」

増野誠一郎はふっと息を吐いてから、

「じつは、その通りなのです。予定がだいぶ早まったようです。あと半月もしないうちにお戻りになると思います。そうしたら、三輪田先生と今後の相談をします。おそらく、牢屋医師に復帰なさると思うのです。宇津木先生には半年のお願いをしておきながら心苦しいのですが……」

「私のお役目は三輪田先生が復帰なさるまでですから、いつでもそのつもりでおります」

「そう仰っていただけると助かります」

増野誠一郎はほっとしたように答えた。

「もうひとつ、よろしいですか」

新吾は思い切って切り出した。

「今朝、変死者が三人出たそうですね」

「ええ」

増野誠一郎は暗い顔をした。

「そのうちのひとりは目のまわりに殴られたような痕があったそうですね」

「……」

「牢内で何かあったのでは？」

「何かと仰いますと？」

「作造りとは違うようですね」

「……」

「死んだのは誰なんですか」

「三蔵《さんぞう》という男です」

間を置いて、増野誠一郎は答える。

「三蔵は何をしてここにやって来たのですか」

「宇津木先生、申し訳ありません。牢屋医師の職分ではないようです。済んだことですので」

誠一郎は厳しい表情で言う。

「作造りについてもっと厳正に臨むべきではありませんか。そうすれば私怨からの殺しも出来にくくなります」

「今、牢内は満杯なのです。作造りをなくすには牢を広くするしかありません。そうなると、警護の者も増やさねばなりません。そんなお金はありません」

「作造りは囚人にとってもお役人にとっても利があるということですね」

「我らとて決していいことだとは思っていません。でも、囚人たちには囚人たちの掟があるのです。囚人たちが自分で下した始末を尊重してやるのも牢屋敷を守っていくには大事なことだと思います。ここでは婆婆の考え方は通用しないのです」

「……」

新吾はやりきれない思いで反論を控えた。

「仕事がありますので、失礼します」

誠一郎は離れて行った。

新吾は誠一郎を見送ってから、詰所に戻った。

谷村六郎は書物を読んでいた。新吾が貸した前野《まえの》良沢《りょうたく》の『解体新書』ではない。合巻《ごうかん》と呼ばれる読物だ。

「お帰りなさい。早かったですね」

合巻を隠そうともせず、谷村六郎は言う。

「ええ。何もありませんでしたか」

「平穏です」

谷村六郎は合巻に目を落としながら、

「三輪田先生が戻ってこられたら、宇津木先生はどうなさるのですか」

と、きいた。

「ここを出て行きます」

「そうなんですか」

谷村六郎は顔を上げた。

「ええ、私はあくまでも代役ですから」

「これから、どうなさるんです？」

「町医者に戻るだけです。それより、昨日の不審死ですが」

「殴られた男ですか」

「ええ。殺されたのは三蔵という男だそうです」

「そうですか」

新吾はおやっと思った。昨日、罪に苛まれて塞ぎ込んでいたときの様子とだいぶ違う。

「もしや、そのことで増野さまとお話に？」

「あのあと、増野さまがやって来て、よくやってくれましたと言われました。増野さまが仰るように囚人には囚人内での掟があって、我らが口出しすべきものではないようです」

谷村六郎はうれしそうに言ってから、

「で、そのことで何か」

と、きいた。

「いえ、なんでもありません」

新吾は話を引っ込めた。

その日は一日、心が重たかった。


暗くなって、牢屋敷を出た新吾はもう一度、神田岩本町に向かった。

長屋の木戸を入ると、昼間の女がちょうど手前の家から出て来た。

「あら、丑松さん？」

「ええ」

「まだ帰っていないみたいよ」

「まだ、ですか」

新吾は妙に思い、

「ちょっと部屋を見てみたいのですが」

と言い、丑松の住まいに向かった。

腰高障子《こしだかしょうじ》の前に立ち、新吾は戸に手をかけた。

家の中は真っ暗で、土間に履物はなかった。部屋は片づいている。ひとがいた形跡はないようだ。

「一膳飯屋にでも寄って来るんでしょうか」

背後にいる女にきいた。

「そうね、酒好きだから」

女も応じる。

「酒好きなのですか」

「ええ、よく酒屋から徳利を抱いて帰って来ていましたよ」

丑松に五十両が渡ったとも考えられるのだ。その金を持って、どこかに居続けているのかもしれない。

「妙なことをおききしますが、岡っ引きが丑松を訪ねてきたことはありますか」

「岡っ引きですって。いえ、ありません。丑松さんが何かしたのですか」

「いえ、そういうわけではないのです。また、明日の朝に出直しましょう」

新吾は何かききたそうな女に挨拶して引き上げた。

夜空に黒い雲がゆっくり流れている。新吾はなんとなく胸騒ぎがした。丑松は金を持って逃げたのでは……。

五

翌朝、新吾は神田岩本町の長屋木戸をくぐった。そろそろ、長屋の男連中が仕事に出かけるところだ。

新吾は丑松の住まいの前に立った。

声をかけて、戸を開ける。だが、部屋はがらんとしていた。

「丑松さん、昨日も帰っていないようよ」

昨日の女が声をかけてきた。

「一昨日《おととい》から一度も帰っていないのですね」

「ええ。姿は見ていません」

女は不安そうに言う。

やはり、五十両を手にして……。

そこに恰幅《かっぷく》のよい男がやって来た。

「丑松は昨夜も帰っていないのか」

「あっ、大家さん」

女が口にし、

「そうなんですよ。どうしちゃったのかしら」

と、表情を曇らせた。

「大家さんですか」

新吾は声をかける。

「そうです。あなたは？　お医者さまのようですが」

「私は宇津木新吾と申します。医者です。今は牢屋医師をしております」

「牢屋医師？」

大家は不審そうな顔をし、

「丑松が何か」

と、焦ったようにきいた。

「いえ。あるひとから丑松さんに会って来てくれと頼まれたのです」

「囚人にですか」

大家は目を見張ってきく。

「まあ、そうです。ところが一昨日から帰っていないそうですね」

「そうです。いったい、どうしてしまったのか」

大家は顔をしかめた。

「最近、丑松さんに変わったことはありませんでしたか」

「気づかなかったな。どうだ、およねは？」

大家は女にきいた。およねという名らしい。

「そうですね。今思えばですけど、一昨日の夕方に出かけるとき、いつもと顔つきが違っていたような……」

「どのように違ったのですか」

「ずいぶん思い詰めたような目をしていたんです」

「思い詰めた目ですか」

新吾はそのことが気になった。

「出かけたのは夕方なんですか」

「ええ。いったん、帰って来てまた出かけて行きました」

「その他に何か気づいたことは？」

「声をかけても返事をしてくれなかったんです。いつもは顔を向けて会釈をしてくれるんですけど。聞こえなかったはずはないんです。他のことを考えていて、私の声が耳に入らなかったのかしら」

「どこに出かけたんですかねえ。誰かに会いに行ったのでしょうか」

「さあ」

「丑松さんと親しいひとはいらっしゃいますか」

「無口ですし、自分からひとに話しかけていくようなひとじゃなかったから、皆挨拶をするだけでした。親しく話すひとはいなかったんじゃないかしら」

「わしの前でもよけいなことは喋らなかったな」

大家が顔をしかめて言う。

「丑松さんがこの長屋にやって来たのはいつですか」

「一年前です」

「その前はどこに？」

「深川のほうにいたと言っていた」

「そうですか」

「ともかく、昼まで待って、帰ってこなかったら、奉行所に届ける」

大家は曇った表情で言う。

「私も夕方に来てみます」

大家とおよねに別れを告げ、長屋を出た新吾は小伝馬町の牢屋敷に向かった。

牢屋敷に出て、新吾はすぐに同心に頼んで、赤城文太郎の診察を理由に揚がり屋に行った。

揚がり屋に行くと、赤城文太郎は横になっていた。

新吾に気づくと、体を起こした。

「具合が悪いのではありませんか」

「いや、だいじょうぶだ。それより、会って来てくれたか」

文太郎は真剣な眼差しできいた。

「それが、丑松さん、一昨日から長屋に帰っていないんです」

「……」

赤城文太郎の顔つきが変わった。

「ふつかも帰ってこないことは、今までになかったと、大家さんも言ってました」

「先生」

文太郎は恐ろしい形相《ぎようそう》で、

「長尾久兵衛がどうなったか、調べてくれないか」

「長尾久兵衛さまは回復に向かっているはずです。あと数日もしたら口をきけるようになるということでした」

「その後のことだ」

「どういう意味ですか」

「いや、いい。忘れてくれ」

あわてて文太郎は言う。

「赤城さん。丑松さんとはどのような仲なのですか。長尾さまを斬ったことと何か関わりがあるのですか」

「そんなものない」

「五十両が丑松さんに渡っているのではありませんか」

「五十両など盗んでない」

文太郎は強い口調になった。

「では、なぜ、丑松さんに？」

「だから、もういい。忘れろと言っているのだ」

「長屋の大家さんは、きょうの昼まで待っても帰ってこなかったら奉行所に届けると言ってます。丑松さんのことがいろいろ調べられますよ」

「……」

「大家から同心や岡っ引きに私が丑松さんを訪ねたことが伝わります。私はあなたから頼まれたと正直に話さなければなりません。いいのですか」

苦しそうな顔をしている文太郎に、新吾は迫る。

「赤城さん。あなたは何を隠しているのですか。あなたは丑松さんの何を知っているのですか」

「……」

「ともかく、夕方に長屋に行ってみます。また、明日、お知らせします」

新吾はまだ問い詰めたかったが、牢格子の外に同心の目があり、不審な真似も出来なかった。


夕方になって、新吾は丑松の長屋に行った。

木戸をくぐると、岡っ引きの姿が目に飛びこんだ。丑松の住まいの前にいる。新吾ははっとして近づいた。

岡っ引きのそばにいたおよねが新吾に気づいて、

「大変よ」

と、声を上擦らせた。

「丑松さんに何かあったのですか」

「亀戸《かめいど》の雑木林の中で土に埋められていた男の死体が見つかったそうなの。丑松さんじゃないかって神田の親分さんが」

「なんですって」

細身の四十前後と思える岡っ引きが新吾に近づいてきた。

「おまえさんが宇津木新吾という牢屋医師かえ」

「そうです」

「俺はおかみの御用を預かる神田の重助《しげすけ》という者だ」

「ホトケは丑松さんなんですか」

「間違いなさそうだ。先生は丑松に会いに来ていたそうですね」

「ええ」

すでに大家やおよねから話を聞いているのだろう。

「丑松とはどのような仲なんだね」

「いえ、会ったことはありません」

「では、どうして？」

「私の患者が以前、丑松さんに困っているところを助けられたそうです。代わりにお礼に行って欲しいと頼まれたのです」

「患者っていいますと?」

「牢内にいます」

「牢内ですか」

「丑松さんは殺されて埋められていたというのですね」

「そうです。刀で肩と腹を斬られていました。殺されて数日経っていました。野犬が土を掘っているのを不審に思った近所の百姓がそばに行き、死体を見つけたのです」

大家が丑松のことを訴えたところ、重助は特徴をきいて亀戸で見つかったホトケを思い出し、大家を奉行所に連れて行き、ホトケと対面させたという。

「亡骸《なきがら》は大家さんが確かめたのですね」

「そうだ。奉行所で丑松の死体を見た」

丑松が行方不明になっていることを神田の重助に訴えたところ、すでに身許不明の死体が奉行所に運ばれていたということだ。

「下手人の手掛かりは?」

「これからだ」

重助は気難しそうな顔をし、

「また何かあったら、お伺いするかもしれません。先生のお住まいを教えていただけますか」

「日本橋小舟町に医者の看板を出しています。順庵という……」

「順庵先生の？」

重助は頷いた。

「順庵をご存じですか」

「ええ、何度かお会いしたことがあります。そうですか、順庵先生の息子さんでしたか」

「はい」

「わかりました。じゃあ、安心です。いや、信用出来るということですよ。じゃあ」

重助は丑松の住まいに戻って行った。

新吾はすぐに牢屋敷に戻り、同心に頼んで揚がり屋に通してもらった。

揚がり屋の中は暗かった。

新吾は中に入り、赤城文太郎のそばに行く。

横になっていた文太郎が体を起こした。

「赤城さん。驚かないでください。丑松さんは殺されていました」

「……」

暗くて文太郎の表情ははっきりわからないが、口を真一文字に結び、虚空を睨みつけているようだった。

第二章　元岡っ引き

一

翌日、牢屋敷の詰所に顔を出すと、本道の医師伊吹昭六が来ていた。

「伊吹先生、お久しぶりです」

新吾は挨拶をした。

「うむ。少し、やらねばならぬことがあってな」

伊吹昭六は決まり悪げに言い、

「三輪田どのが復帰するそうだな」

と、口にした。

「予定がだいぶ早まったそうですね」

「そうらしい」

「そのことは三輪田先生から聞いたのですか」

「いや、違う」

「違う？　では、どなたから」

「増野さまだ」

増野誠一郎は新吾には話しづらかったのかもしれない。

「宇津木どのはそれでいいのか」

「私は三輪田先生が戻るまでの代役ですから」

「ならいいが」

「増野さまはなんと仰っていたのですか」

「三輪田先生から手紙が届き、予定を早めて江戸に帰ることになり、戻り次第復帰したいという内容だったので、戸惑っていると仰っていた」

「私に気を使ってくれたのでしょうね。ところで、三輪田先生はどちらに行かれたのか、ご存じですか」

「ある豪商の養生に付き添うということだったが、具体的なことは聞いていない」

「三輪田先生はどのようなお方なのですか」

新吾は三輪田が牢屋敷を離れてからの牢屋医師なので、会ったことはない。

「漢方医で三十半ばだ。わしには医者というより商人《あきんど》……。いや、今のは聞かなかったことにしてくれ」

伊吹昭六はあわてて言う。

「まあ、自分を高く売りつける術を心得ている」

「伊吹先生から見て、三輪田先生の腕は？」

「口が達者で能書きが多いから素人はごまかせるがな。まあ、うちの谷村六郎よりはましだろうが」

予想の外、三輪田に対して辛口の見方だった。

「だが、それで通用してしまう囚人の病気への取り組みも問題ではあるが……」

「囚人たちの作造りについてはどう思われますか」

「作造り？」

「ええ。人減らしのためにひとを殺すなんて」

「ひとを生かすために人減らしをしているとも言える」

やはり、伊吹昭六も牢屋敷の考えに慣らされているようだ。これ以上の話は言い合いになるだけだと思い、新吾は何も言い返さなかった。

「ちょっと揚がり屋に行ってきます」

新吾は立ち上がった。

同心に頼んで揚がり屋に入る。

赤城文太郎のそばに行き、

「赤城さん。丑松さんのことを教えていただけませんか。丑松さんから何をきき出したかったのですか。どうなったかというのは、何のことですか」

「ひとから頼まれて丑松に会いに行ったと、岡っ引きに話したのか」

「まだ、赤城さんの名は出していません」

「いずれ、話さねばならぬな」

「心配いりませんよ。丑松さんに助けてもらったお礼が言いたいのだと話しておきました。仮に、きかれたらそう話しておけばいいでしょう」

「先生」

文太郎が鋭い目をくれた。

「俺の命はあとどのくらいだ？」

「なぜ、そのようなことを？」

「知りたいんだ。教えてくれ」

「このまま何もしなければ、あとひと月もしないうちに床に臥して動けなくなる。治療すれば一年はだいじょうぶでしょう」

「そんなには必要ない。あとひと月、いや半月でいい。動き回れるような体にしてもらいたい」

文太郎がいきなり態度を変えた。

「どういうことですか」

「治ることは望んでいない。半月でもいいから動き回れるようになりたいだけだ。それが叶うなら、ひと月後に命尽きても文句はない。どうだ、出来るか」

文太郎は激しく言う。

「何を考えているのですか」

「理由など、どうでもいい。医者なら患者の望みを叶えろ」

「わかりました。その代わり、私の言うことには従ってください」

「わかった」

文太郎は素直に応じた。

こちらの会話が聞こえたのだろう、土生玄碩が口元に微かな笑みを浮かべてこちらをみていた。

揚がり屋から詰所に戻ると、谷村六郎も来ていた。伊吹昭六と外科の文拓もいて、全員が揃った。

ただ、いずれ新吾が三輪田と入れ代わる。

「お揃いなら、ちょっと外に出てきてよろしいでしょうか」

新吾は伊吹昭六に訊ねた。

「構わぬ、行ってきなさい」

「ありがとうございます」

新吾は礼を言い、詰所を出た。

小伝馬町の牢屋敷から深川の幻宗の施療院に向かった。赤城文太郎の依頼について相談があるのだ。

半刻（一時間）後に、施療院に着いたが、新吾は幻宗の手が空くまで待った。結局、幻宗と向かい合ったのは昼時だった。

「赤城文太郎から、半月でいいから動き回れるような体にして欲しいと。それが叶えば、ひと月後に命尽きても文句はない。そう言っています」

新吾は文太郎とのやりとりを伝えた。

「急に言い出したのか」

「丑松が殺されたことが何か影響しているのかもしれません」

「丑松？」

「はい。丑松に会って、どうなったかきいてくれと」

その丑松が死体で見つかったことを話し、

「本人は否定しているのですが、そのことから態度が変わったように思えます。とはいえ、どう関係があるのかわかりませんが」

と、新吾は首を傾げ、

「まさか、動き回れる体になって脱獄を図ろうとしているわけではないでしょうけど」

新吾は冗談を言ったが、幻宗は真剣な眼差しで、

「脱獄かはともかく、丑松が殺されたことと関係があるのか……。いや、ひょっとして、長尾久兵衛が死ななかったこととも考えられそうだ」

「まさか、もう一度長尾久兵衛を襲おうと？」

新吾はきき返してから、

「いくら改めて長尾久兵衛を襲いたくても牢獄にいる限りは無理なことは承知のはず

なのに何を考えているのでしょうか」

新吾は首を傾げた。

「伊根吉親分に、奉行所の取調べで赤城文太郎がどうなりそうか確かめたほうがいい」

「先生に何か思い当たることが？」

「うむ。仮にそうであってもとうてい出来ることではないが」

「どういうことでしょうか」

「いや、伊根吉親分にきいてからだ」

「はい」

新吾は頷いてから、

「治療法ですが、どうすればよろしいでしょうか。薬で症状の進行を抑えても現状を保つだけです。動き回れるようになるのは無理でしょうね」

「……」

幻宗は目を閉じ、腕組みをした。

新吾は不思議な思いで幻宗を見つめた。額に皺《しわ》を寄せ、考え込んでいるのだ。いつも一刀両断で言い切る幻宗が迷っている。

何がそんなに幻宗を悩ませているのか。

幻宗がふと目を開け、腕組みを解いた。

「薬を調合しよう」

「どんな効用の薬でしょうか」

「赤城文太郎の望みを叶えよう」

「そんな薬があるのですか」

「ある。ただし、劇薬だ」

「劇薬？」

「わしは華岡青州《はなおかせいしゅう》どのに麻酔剤について教えを受けた」

文化《ぶんか》元年（一八〇四）に紀伊《きい》の医者華岡青州が全身麻酔剤を作ることに成功した。『通仙散《つうせんさん》』というその麻酔剤の製法は青州と弟子の間で秘密にされて門外不出であった。幻宗は教えを請いに紀州《きしゅう》まで出向いた際に半年近く通いつめてやっと調合する薬草を教えてもらったという。

「その薬草の中に毒性の強いトリカブトがあり、『通仙散』には危険もあった。そこから新しい麻酔剤を作ってみたが、まだ道半ばだ。ところが、それに付随して、一時的に元気が蘇る薬が出来上がった。ケシなどを加えて調合したものだ。症状を和らげるものではない。脳に作用し、痛みを麻痺させるものだ。ひと月は元気でいられる。だが、そのあと、急激に衰えがくる」

「一年ももたないのですね」

「無理だ。半年どころか……」

幻宗は声を呑んでため息をつき、

「苦しみながら一年生きるか、ひと月だけでも元気に動き回ってそのあと息絶えるか。どちらを選ぶかは患者自身だ」

「……」

新吾は思わず息を呑んだ。

「この薬は一度だけ使ったことがある。病で臥せっていたある商家の主人から娘の祝言《しゅうげん》に出たいと懇願された。そこで、その主人は寝たきりで何年生きても意味ないと、ひと月だけの仕合わせを選んだ。その主人は、娘の祝言に出た十日後にわしの手をとって礼を言いながら満足そうに息を引き取った」

「意外でした。先生は少しでも長く生きるべきという考えかと思いました」

新吾は素直に言う。

「本来であればそうだ。だが、ひとそれぞれの考えがある。どんな最期を選ぶかは患者に選ばせたい」

「はい」

幻宗の言葉は胸に響いた。

「どちらを選ぶか、もう一度赤城文太郎に確かめるのだ。もっとも赤城文太郎には死罪が待っていようから選択の余地はなかろうが」

「はい。ただ、気になるのはさっきの件ですが」

「元気になったひと月をどのように使うかは本人の自由だ。脱獄するかもしれないからとか、牢内にいるのに元気になっても仕方ないとか、他人が勝手に決めつけるものではない」

確かに、脱獄するという危険があっても牢屋敷側の警戒が厳しければ出来ない。どんな狙いがあるかは医者と患者の間では考えることではない。

ただ、元気になったひと月を赤城文太郎がどう使おうとしているのか、間違った使い方をしていないか、見張る必要はあると思った。

新吾は幻宗に薬を調合してもらい、飲み方を教わり、施療院を出た。

佐賀町に差しかかって、念のために伊根吉の家に寄ってみた。いないかと思っていたが、昼食のために米次といっしょに帰っていた。

土間に立って、新吾は上がり口まで出てきた伊根吉と向かい合った。

「親分、ちょっとお訊ねしたいのですが、赤城文太郎の沙汰はどうなりましょうか」

「長尾久兵衛さまが口をきけるようになったそうなので、長尾さまの話を聞いて、沙汰が下されるのではないでしょうか」

「もし、沙汰がわかったら教えていただけませんか。わざわざ、私のところに来なくても幻宗先生に伝えていただければ」

「わかりました」

「それから、先日、牢内で死んだ三蔵という男のことですが」

「三蔵ですか」

「ご存じですか」

「ええ。二年前まで岡っ引きだった男です」

「岡っ引き？」

「ええ。あっしと同じに笹本の旦那から手札をもらっていました」

「笹本さまからですか」

「ええ。笹本の旦那も三蔵のたちの悪さに気づかなかったようです。本所《ほんじょ》界隈を受け持っていて、二年前に、女のことを種に料理屋の主人から十両を強請《ゆす》りとったのを笹本の旦那が知って手札を取り上げたんです。もともと遊び人だった男です。やめたあとも、強請り、たかりで生きてきたようです」

「で、何をして牢に？」

「賭場《とば》で喧嘩になった相手を賭場の帰りに待ち伏せて匕首《あいくち》で腹部を刺して殺してしまったんです。あっしが捕まえました」

「伊根吉親分がですか。それはいつのことですか」

「半月前です」

「で、喧嘩の相手というのは？」

「同じ遊び人です」

「そうですか」

「おそらく、牢内に三蔵が岡っ引きだったことを知っている者がいて、牢屋役人に告げ口をしたのでしょう」

「しかし、牢屋同心は見て見ぬ振りです」

「牢内では下手人を上げることは無理でしょう。囚人たちは絶対に口を割らないでしょうからね」

伊根吉はふと気づいたように、

「宇津木先生はこの件に何か」

「三蔵は目のまわりが腫れているなど、明らかに殴られた形跡があるのに牢屋同心は何も言わない。そのことが引っ掛かったもので」

「お気持ちはわかりますが、あそこは我々のいる娑婆とは別の場所ですからね。岡っ引きにとっちゃ牢に入ることは死を意味します」

「そのようですね。では、赤城文太郎の沙汰の件、よろしくお願いいたします」

新吾は挨拶をして土間を出た。

三蔵が岡っ引きだったとは意外だった。しかし、岡っ引きをしていたのは二年前までだ。その頃に、おかみの御用を笠に着た三蔵に脅されたものがたまたま牢に入ったのだろう。入牢したのは、三蔵が牢に入った以降だ。いや、事件が起こる数日前だろう。最近、入牢した男の中に三蔵と因縁のあった男がいたのだ。

新吾は小伝馬町の牢屋敷に向かう間、三蔵のことが頭から離れなかった。

二

牢屋敷に着いて詰所に行くと、谷村六郎だけだった。

「伊吹先生は？」

「大牢のほうで急病人だそうで、出向いています。もう、そろそろ戻ってくると思いますが」

新吾は谷村六郎の向かいに座り、

「谷村さん。ちょっとこの前の変死者のことでお伺いしたいのですが」

と、切り出した。

「なんでしょう？」

谷村六郎は少し表情を硬くした。

「殴られて死んだ男は三蔵という男でした。一時期、岡っ引きをしていたそうです」

「……」

「知らせを受けて駆けつけたときの牢内の様子はいかがでしたか」

「特に変わったことは」

谷村六郎は首を横に振る。

「牢屋役人の様子にも変わったところは見られなかったのですか」

「ええ」

「牢屋役人は殴られた痕跡がある死体を前にしても、何か言い訳のようなことは口にしなかったのでしょうか」

「……」

谷村六郎は俯《うつむ》いたが、すぐ顔を上げ、

「そう、普段と変わりはありません」

谷村六郎は答えてから、

「なぜ、まだそのことにこだわっているのですか」

と、きき返した。

「殴られていることが引っ掛かるんです。他のふたりはおそらく寝ているところを何人かに体を押さえつけられ、濡れた紙を口と鼻に押しつけられて窒息したのでしょう。なぜ、三蔵は殴られたのか」

新吾は間を置いて、

「三蔵は岡っ引きだったことを隠していたでしょう。それでも万が一囚人に襲われることを警戒していたのではないでしょうか。だから、三蔵は襲われたとき、すぐ気づいて手向かったのです。囚人たちは三蔵を殴った……」

「まるで見ていたような口振りですね」

「いえ、容易に想像出来ます。三蔵は単に作造りの犠牲になったのではなく、岡っ引きだったから殺されたのです」

「そうだとしても、作造りの対象に選ばれただけのことではないんですか」

「確かにそうかもしれません。無作為に選ばれた犠牲者の中にたまたま三蔵がいたということかもしれません。でも、もし三蔵が岡っ引きだから犠牲者に選ばれたのだとしたら」

「そうであっても、別段不思議でもなんでもないのではありませんか。牢屋役人たちが三人の犠牲者を選ぶとき、三蔵が岡っ引きだったからという理由で選ぶことはあり得ることだと思います」

「それだけでしたらね」

「……」

「三蔵は半月ほど前に牢に入っています。ところが、しばらく無事でした。なぜか。それは三蔵が岡っ引きだと牢内の者たちは誰も気づいていなかったからではありませんか」

新吾は声を落とし、

「つまり、最近になって、牢屋役人に三蔵のことを告げ口した者がいるのではないか。そう思えて仕方ないのです」

そのとき、戸が開く音がした。

伊吹昭六が帰ってきたのだ。

「いかがでしたか」

谷村六郎はすぐに立ち上がって伊吹昭六を迎えた。

「目がまわって立てないということであったが、しばらく横にしていたら治まった」

悪い病気を疑ったほうがいいかもしれないと思ったが、牢内ではそこまでする必要はないと言われるだろう。

「宇津木どの、増野さまがお話があるそうだ。おそらく、三輪田どのが帰ってくる件であろう」

「わかりました。では、増野さまに会いに行ってきます」

新吾はついでに確かめたいことがあったので詰所を出た。

最初に同心詰所に行くと、増野誠一郎は自分の部屋で茶を飲んでいた。

「宇津木先生、これからお伺いしようと思っていたところでした。さあ、どうぞ」

誠一郎は上がるように言う。

「失礼します」

新吾は誠一郎の前に腰を下ろした。

「じつは三輪田先生が来月から復帰することになりました」

「そうですか」

「つきましては宇津木先生には今月末までということでご了解願えたらと。あと、半月足らずですが」

「承知しました」

「予定が変わり、御迷惑をおかけして申し訳ない」

誠一郎は頭を下げた。

「いえ。これで本来の姿になるのでしょうから結構なことだと思います」

新吾は応じてから、

「増野さま。ちょっと教えていただきたいのですが」

と、切り出した。

「ここ十日以内に無宿牢に入った者について教えていただけませんか」

「いったい何を?」

誠一郎の顔色が変わった。

「一昨日亡くなった三蔵という男のことで」

「宇津木先生」

誠一郎は顔色を変えた。

「あの件はすでに片がついています。何をお調べですか」

「三蔵は一時期、岡っ引きをやっていたそうですね。そのために、殺されたのではないかという疑いが……」

「それは先生だけですね」

「ええ。でも、そうだとしたら何者かが牢屋役人に三蔵のことを告げたのではないでしょうか」

「仮にそうだったとしても、本当のことを告げただけではありませんか。嘘を言ったわけじゃありません」

「確かにそうですが、そのために三蔵は殺されたのだとしたら……」

「宇津木先生、そんなことを調べても無駄ですよ。もし、先生の言うとおりだとして、どうしたいのですか。下手人を突き止めようというのですか。牢内での出来事に真実が明らかになると思われますか。ことに、岡っ引きには、ほとんどの囚人はいい感情を持っていません」

「私は下手人を見つけたいと思っているのではありません。何があったのか、真相を知りたいのです。いえ、皆さんも真相を知っておく必要があると思います」

「それで何になりますか。真相を知ったところでどうにもならないのではありませんか」

「今後のためです。同じような過ちを繰り返さないためにも……」

「過ちだとは一概に言えません」

「えっ？」

「牢内には牢内の生き方があるのです。娑婆とはまったく違う考えなのです。こちらの考えを囚人たちに押しつけてもだめです」

「そうでしょうか。解き放たれてここを出て行く囚人たちもいるのです。その者たちは我々と同じ世間を……」

「宇津木先生、我々がこのようなことを論じ合っても仕方ありません。先生のお気持ちもわかりますが、この件はこれで」

「……」

新吾はため息をついた。

「では、この数日間で、無宿牢からお解き放ちになった者を教えていただけませんか」

「会いに行くのですか」

「はい」

「わかりました。あとでお知らせに上がります」

新吾は頭を下げてから、

「すみません」

「揚がり屋の赤城文太郎の診察に行きたいのですが」

と、頼んだ。

「いいでしょう」

誠一郎は他の同心に案内するように命じた。

いったん詰所に戻って薬を持ち、新吾は揚がり屋の赤城文太郎のところに行った。

「赤城さん。昨日の話ですが、幻宗先生に相談し、薬を調合してもらいました。この薬を飲むと、ひと月間は元気に過ごせるそうです。ですが、そのあとは急激に衰えがくしていたいのだ」


きて命が尽きるのも早いと」

「構わない。それを飲ませてくれ」

「そのひと月で、あなたは何をしようというのですか」

「何もしない。ただ、奉行所の取調べに堂々と応じたいだけだ。弱った姿を晒したくないのだ。俺は上州の百姓の倅だが、子どもの頃から剣術が得意だった。侍になりたくて江戸に出た。武家奉公人になって、やっと侍身分になれた。俺は最期まで侍らしくしていたいのだ」

　文太郎は真剣な眼差しで言う。

「もう一度言いますが、その薬を飲めば、ひと月後には命が尽きているかもしれないのです」

「承知の上だ」

「わかりました。では」

　新吾は薬を与えた。

「これから、この薬を三日ごとに十回飲んでいきます。十回を過ぎたら、もうこの薬に耐えうる体力はなくなるそうです」

「わかった」

「それから、私は今月一杯でここを去ります」

「去る？」

文太郎は怪訝《けげん》な顔をした。

「はい。私は代役の牢屋医師でしたので」

その経緯を話してから、

「ですから来月からはおそらく谷村六郎という医師に薬の投与をお願いすると思います」

「あの頼りなさそうな医師か」

文太郎は口元を蔑むように歪めた。

「ご存じですか」

「最初にここに入れられたとき、診てもらった。何もわかっていない。医者としては心もとない」

「今、一生懸命に勉強しているところですので」

新吾は続ける。

「私がいる間は体の具合を診て、薬の分量を決めます。ですが、あとは無条件で薬を飲むだけで済むと思います。そのように、薬を調合しておきます」

「いいだろう」

文太郎は頷いた。

「では、念のために明日体の具合をみます」

新吾はそう言い、立ち上がった。

そのとき、土生玄碩がこちらを見ているのに気づいた。口元に皮肉そうな笑みが浮かんでいた。

「玄碩さま」

新吾は近づいて行って声をかけた。

「何かな」

「幻宗先生と何かございましたか」

新吾はきいた。

「何かとは？」

「いえ、何もなければいいのです」

「あるといえばある。ないといえばない」

玄碩は新吾を煙に巻くように言う。

「少し妙なことをおききします」

新吾は声をひそめ、

「玄碩さまは深川にある幻宗先生の施療院をご存じですか」

「知っている。病人から一切金をとらないそうだな」

「はい。金持ちからももらいません。病人には金持ちも貧しい者もない、さらには善人も悪人もないと、誰に対しても真摯に向き合っています」

「わしに言わせれば邪道だ」

「邪道ですか」

「そうだ。金持ちからは金をとる。当然のことだ。それをしなければ、いつか破綻する」

「そのことですが、幻宗先生が施療院にかかる金をどこから工面しているのか、ご存じではありませんか」

「知らぬ」

玄碩は首を横に振る。

「想像はつきませんか」

「さっきちらっと聞こえてきた薬、ひと月間だけ元気になるという奴だ」

「それが？」

「その薬にはケシが使われているはずだ」

「はい」

「そうだろう」

玄碩はにやりとした。

「どういうことですか」

「ケシをどこから手に入れたのだ？」

「南蛮《なんばん》から津軽《つがる》に伝わったと聞いたことがありますが」

松江藩の藩医を辞めたあとの数年間、幻宗は全国各地の山を薬草を探して歩き回ったのだ。そのとき、津軽に行き、ケシの種をもらったのかもしれないと思った。

「おそらく幻宗は南蛮人から直接もらったのではないか」

「どうして南蛮人から？」

そうきいたとき、新吾はあっと声を上げた。

「幻宗先生は南蛮にも行ったことがあるのでしょうか」

「あの男の医術にかける思いは半端ではない。薬を作り出すためには体を張ってでもという考えの男だ。薬草を求めるためならどこへでも行く」

確かにそうだ。紀伊の医者華岡青州が作った『通仙散』という麻酔剤の製法の教えを請いに幻宗は紀州まで行っている。

全国の山中を駆け回っただけでなく、幻宗は南蛮にも行って薬草を求めてきたのか。

その中にケシの実もあった。

幻宗はどこかで薬草園を開いているようだ。薬草園だけで施療院を守っていく儲けを得られるか疑問だったが、ケシの栽培が加わると……。

「玄碩さまはどこまで幻宗先生のことを知っているのですか」

「知らぬ。単なる想像だ」

そう言い、玄碩は牢格子に目をやり、

「ほれ、同心が怪しんで見ているぞ」

と、囁《ささや》いた。

「きょうはこれで失礼します。また、教えを……」

もう玄碩は顔をそむけていた。

新吾が詰所に戻って、すぐ増野誠一郎が顔を出した。

「これがお解き放ちになった者の名です」

誠一郎は紙切れを差し出した。

「ありがとうございます」

　紙切れに三人の名が書いてあった。

　上州無宿勘五郎《かんごろう》、房州《ぼうしゅう》無宿佐平《さへい》、野州《やしゅう》無宿嘉助《かすけ》の三人。このうち、嘉助は江戸所払いで出て行き、江戸にいるのは勘五郎と佐平だ。

「勘五郎は盗みの疑いがかかっていたが無罪に。佐平は喧嘩で相手に怪我を負わせたが、相手のほうが悪かったことから正当防衛ということになったのです」

「このふたりの牢内での様子はいかかがでしたか」

「おとなしくしていたようです。まあ、新入りはたいがい小さくなっていますが」

　紙切れをみると、勘五郎は本郷菊坂町《ほんごうきくざか》にある十右衛門店《とうえもんだな》の大家が請人で、佐平は芝《しば》露月町《ろうげつ》の金貸しの東蔵《とうぞう》が請人であった。

「会いに行きますか」

　誠一郎がきいた。

「ただ、そのときの牢内の様子をきくだけです」

「くれぐれも、牢内の悪い印象をうえ付けないようにお願いいたします」

「わかりました」

　誠一郎を見送ると、

「何を調べるのですか」

と、谷村六郎がきいてきた。

「三蔵が殺される前の牢内の様子を知りたいのです」

「牢内の様子っていいますと？」

「三蔵が岡っ引きだと牢内の誰が言ったのか」

「それを知ってどうするのですか」

「知ったからといって、なんにもなりません。三蔵のことを告げた者にしても悪意があったかどうかわからないのですから」

「なら、なぜ、そんなことを調べるのですか」

「実際に何があったのか知りたいのです」

「そんなことをしても……」

谷村六郎は明らかな暴行死を病死と診断したので後ろめたいのだろう。

「このことで別段、騒ぎ立てるつもりはありません。ただ、今後、こういうことが起きないように牢屋敷の方々に注意を呼び起こしてもらいたいと思ったのです。そうじゃないと、検死する医師としても困りますから」

「それはそうです」

谷村六郎は応じた。

夕方より少し前に、新吾は帰り支度をはじめた。

「谷村さんはきょうも当直ですか」

「ええ。独り身ですから帰っても別にやることもないし、それに当直といってもほとんど呼び出しはありません。寝ていられますからね」

「そうですね、医学の勉強も出来ます」

「ええ、まあ」

谷村六郎は本を読むのはあまり好きではなさそうだった。

「では、お先に」

新吾は早めに引き上げた。

家に帰って、患者の診察をしよう。順庵ひとりで大変な思いをしているのだ。新吾は急いで小舟町の家に向かった。

小舟町の家に帰ると、新吾の客が待っていた。さては、高見左近かと思ったが、神田の重助という岡っ引きだった。

「待たせていただきました」

客間に行くと、重助が立ち上がって迎えた。

「丑松さんのことでちょっとご報告が」

差し向かいになって、重助が口を開いた。

「丑松は今は日傭取りをしていましたが、半年前まで本所横網《よこあみ》町にある『井筒《いづつ》屋』という酒屋で下男《しもおとこ》をしていました」

重助は少しの間を置いてから、

「三年前の秋、『井筒屋』に押込みが入り、主人が殺害され、内儀《ないぎ》が怪我を負ったのです。『井筒屋』は主人の弟があとを継いでいます」

と、やりきれないように言った。

「その押込みは捕まったのですか」

新吾は口をはさむ。

「いえ、捕まっていません」

「丑松が殺された件と『井筒屋』の押込みとは何か関わりが？」

「そのことを調べています」

「あるとすると、どのような関わりなのでしょうか」

新吾は首を傾げた。

「丑松が押込みを手引きしたのではないかと睨んでいます」

「丑松が仲間だったということですか」

「ええ。当時、手代だった男の話では潜り戸を開けたのは丑松でした。そのことから丑松に疑いが向いたそうです。でも、確たる証はなく、そのままになったと、笹本の旦那が言ってました」

「で、丑松殺しは？」

「盗んだ金の分け前が底をつき、丑松は押込みの首領格の男に金の工面に行ったのかもしれないと」

「なるほど。で、首領格の男の目処《めど》は？」

「立っていません。三年前の押込みに関しては何も手掛かりはありません。逆に、丑松殺しの下手人を捕まえると、三年前の押込みも解決するかもしれません」

「ちょっと待ってください。その事件の掛かりは笹本さまなのですね」

「そうです。笹本さまは本所・深川を持ち場にしておられますからね」

「では、当時、笹本さまが手札を与えていた三蔵という岡っ引きがその押込みを？」

「そのようです。三蔵が携わったそうです」

「三蔵が牢内で殺されたことをご存じですか」

「ええ。笹本の旦那から聞きました。三蔵から押込みの件でいろいろ話を聞こうと思っていたので残念です」

「押込みに関わったふたりが同じような時期に死んでいるなんて妙ではありませんか」

「しかし、三蔵は二年前にもう岡っ引きではなくなっています。性悪な男だったと、笹本の旦那も嘆いていました。だから、牢に入るようになったのです。牢内の囚人が三蔵が岡っ引きだということを知っていたんじゃありませんか」

「……」

「今、殺されるまでの丑松の動きを探ると同時に『井筒屋』の奉公人から当時の話を聞こうと思っています」

重助はそう言い、引き上げた。

改めて、赤城文太郎と丑松の関わりが気になってきた。

「新吾」

順庵が呼びに来た。

「診療を頼む」

「わかりました」

新吾は気持ちを切り換え、患者のもとに向かった。

三

翌朝、新吾が牢屋敷の詰所に顔を出すと、谷村六郎がご機嫌な様子で茶を飲んでいた。酒ではない。ほんとうに茶だ。

「何かいいことでもありましたか」

牢屋敷内にいて、いいことがあるはずないだろうと思いながら、新吾は軽い気持ちできいた。

「きょうはふたりでした。でも、暴行の痕はありません」

「変死者？」

「ええ、今朝は大牢のほうです」

「ふたりとも窒息死だから後ろめたさがないと？」

新吾は怒りを抑えてきく。

「どうしたんですか」

谷村六郎が不思議そうに新吾の顔を見る。

「ふたりとも殺されたんですよ」

「でも、目のまわりを腫らしているわけではないですからまだ気が楽です」

「死体を検めましたか。手首、足首に押さえつけられたような痕がありましたか」

「……」

「どうなんですか」

「わかりません」

「よく見なかったのですか」

「ええ、どうせ、病死と診断するわけですから」

「そういうもんじゃありません」

新吾はつい語気を強めた。

「医者は死因を必ず突き止めるべきです。どうやって死んでいったのか。死者のためにもわかってやるべきです。それが死者に対する礼儀ではないでしょうか」

「しかし、病死と診断することになっているんです。だったら、そんな手間をかける必要はないでしょう」

谷村六郎は平然と言う。

「違います。まず、死者には医者として接するべきです。どうして亡くなったのか、ちゃんとわかって……」

「医者は病人を治すのが仕事じゃないんですか。すでに死んだ者はどうしようもないではありませんか」

「谷村さん、死者を悼み、死者に敬意を払ってこそ、生きているひとを大切に出来るのではありませんか」

「囚人も牢屋同心の期待に応えているのです。宇津木先生に非難される筋合いはありません」

谷村六郎は憤然と言い返した。

「谷村さん、あなたは医者というものを……」

「宇津木さん、そんな話はやめましょう」

それまで先生と呼んでいたが、急にさん付けになった。

「どうしたんですか」

土間に川島文拓が立っていた。入ってきたことに気がつかなかった。

「いえ、なんでもありません」

谷村六郎が口元を歪めながら言う。

「でも、ふたりの声は戸の外まで聞こえましたよ」

部屋に上がりながら、文拓が言う。

「すみません。ご心配をおかけしまして」

新吾は詫びた。

「まあ、仲良くやりましょう。あっ、そういえば、宇津木先生は今月一杯でここをお辞めになるのでしたね」

「はい。あと半月足らずで」

「宇津木先生もいろいろ思うところもあるのでしょうが、ここのことはずっといつづける我らにお任せください」

「わかりました」

辞めていく者があれこれ言うなということらしい。

「ちょっと揚がり屋に行ってきます」

新吾は立ち上がった。


揚がり屋に入り、赤城文太郎のところに行った。

文太郎は顔の血色がいいようだった。

「先生、だいぶ体が楽になった」

新吾は脈拍や呼吸などを調べ、

「問題はないようですね」

と、複雑な思いで言った。体調がよくなったぶん、死期を早めているのだ。

「奉行所の取調べは進んでいるのですか」

「二回あった切りで、その後ない。取り調べることはないのだろう。あとは沙汰を待つだけだ」

文太郎は明快に言う。体調もいいのかもしれない。

「では、三日に一度ずつ薬を飲んでもらいます。次は明後日です」

「わかった。丑松の件はどうなった？」

文太郎は鋭い顔になっていた。

「その前にもう一度お伺いしますが、あなたと丑松さんの関係は？」

「単なる顔見知りだ」

「どうなったかをきいてくれと私に頼みましたね。どういうことなのでしょうか」

「わざわざ口にするほどのことではない」

「しかし、あなたにとって大事なことではなかったのではないですか」

「いや……。それより、丑松のほうの探索はどうなっているのだ？」

文太郎はもう一度きいた。

「まだ下手人の手掛かりは摑めていないようです。ただ、丑松は半年前まで、本所横網町にある『井筒屋』という酒屋で下男をしていたそうです。ところが三年前、押込みが入って、主人が殺された……」

文太郎は眉根を寄せて厳しい顔をしていた。

「丑松が『井筒屋』の下男だったことを知っていましたか」

「知らない。丑松のことはほとんど知らない」

「それなのに、なぜ丑松のことを気にしていたのですか」

「なんとなくだ」

「丑松が殺されたと話したとき、動揺していましたね」

「驚いただけだ。動揺したわけではない」

文太郎は冷笑を浮かべ、

「勝手な憶測はやめてもらおう」

「では、また明後日きます。それまでに何かあれば、呼んでください」

新吾は立ち上がったあと、

「何か私に出来ることがあれば言ってください」

「……」

「では」

新吾は揚がり屋を出て牢内を振り返った。玄碩がこちらを見つめていた。新吾が見返すと、微かに笑みを浮かべて顔をそむけた。


詰所に戻った。伊吹昭六が来ていた。三人の様子が不自然だった。新吾が戸を開けたとき、三人は話を打ち切ったようだった。新吾の噂をしていたのかもしれない。谷村六郎がさっきの鬱憤を晴らすようにあることないこと口にしているのか。もっとも、伊吹昭六にしても川島文拓にしてもみな一つ穴の狢《むじな》だ。新吾のような牢屋医師は敬遠される。なんとなくやりきれなかった。

この場にいても、息苦しいだけだ。

「伊吹先生、ちょっと出かけてきたいのですが」

新吾は声をかけた。

「どうぞ、行ってらしてください。あとのことはご心配なく」

伊吹昭六はあっさり言う。

「行ってきます」

新吾は詰所を出た。また、新吾の噂の続きをするのだろうか。

新吾は小伝馬町の牢屋敷から芝を目指した。

日本橋を渡り、東海道を南に進む。人通りは多い。武士や町人に僧侶から大道芸人。馬や駕籠も通る。

京橋《きょうばし》を渡り、新橋《しんばし》を越えて芝にやって来た。

露月町に入り、金貸しの東蔵の家を捜す。途中できいて、小間物屋の並びにあったしもたやふうの家の前に辿《たど》り着いた。

軒下に小さな木切れが下がっていて、『金貸し東蔵』と拙い字で書いてあった。

新吾は腰高障子に手をかけた。

土間に入ると、正面の座敷に帳場格子があって男が座っていた。

「いらっしゃいまし」

土間にいた手代ふうの男が声をかけた。

「すみません。私は客ではないのです。牢屋医師の宇津木新吾と申します。こちらに、佐平さんはいらっしゃるでしょうか」

「佐平ですか」

手代は帳場格子に顔を向けた。

そこにいた男が声をかけてきた。三十半ばぐらいの番頭ふうの男だ。

「牢屋医師が佐平にどんな御用ですか」

「牢内のことで、ちょっと確かめたいことがありまして」

番頭は手代に目配せをした。

「そこでお待ちください」

手代が奥に向かったあと、番頭は壁際にある縁台を示して新吾に声をかけた。順番待ちの客のために用意されたもののようだ。それほど、混むこともあるのだろう。

「すみません」

新吾は床几《しょうぎ》に腰を下ろした。

「どうしてここがわかったのですか」

番頭がきいた。

「牢屋同心から佐平さんの請人がこちらだと聞きました」

「そうですか。佐平は、うちの奉公人ではありません。ただ、貸した金の取り立てを頼んでいるだけなんです」

番頭は答えてから、

「で、何かやっかいな話ではないでしょうね」

と、真顔になった。

「佐平さんがどうのこうのではないのです。ただ、佐平さんがいたときの牢内の様子が知りたいんです」

そのとき、さっきの手代が戻ってきた。その後ろから大柄な男がついてきた。

牢内では月代《さかやき》は伸び、無精髭《ひげ》も生やし、顔もくすんでいるが、娑婆に出てさっぱりした顔なので、牢内にいた男には見えなかった。

「あっしに何か」

「私は牢屋医師の……」

「へえ、何度かお見かけしました」

「そうですか。ちょっとお訊ねしたいことがありまして」

「なんですね」

「三蔵という男を覚えていませんか」

「三蔵ですかえ」

「つい先日、不審死しました。元岡っ引きです」

「……」

「覚えていらっしゃいますか」

「いえ」

佐平は首を横に振った。

「覚えていませんか」

「百人近い囚人がいるんですぜ。覚えちゃいません」

「あの夜、ひとを減らすために作造りが行われた。その中で、ひとりだけ手向かった男がいるはずです。気づきませんでしたか」

「ええ、ぐっすり寝ていました」

「そうですか。三蔵は目のまわりが腫れていたそうです。殴られた形跡があったのです。おそらく、三蔵は自分が岡っ引きだったことがいつばれるか用心していたのではないでしょうか。寝ているときも常に警戒をしていた。だから、数人で襲われたとき、気づいて暴れたのです。だから、殺しを請け負った囚人は三蔵の顔を殴った。大きな騒ぎになったのではないかと想像されるのです」

「……」

「ただ、牢内は漆黒《しっこく》の闇です。目を覚ました者がいても何も見えないし、また何も出来なかったでしょう。ただ、恐怖に打ち震えているだけだったと思います」

新吾は穏やかに、

「私が知りたいのはどうして三蔵が岡っ引きだと知れたのかということなのです。三蔵は殺される半月前に牢に入っています。半月間は、何事もなかったのです。何かがきっかけでばれたのです。誰かが思い出したのか、新しく入った者がたまたま三蔵を知っていたのか」

「宇津木先生」

佐平が強張《こわば》った表情で、

「牢内でのことを外で喋ってはいけないんですよ。そういう決まりなんです」

「決まり？」

「牢を出るとき、牢名主から言われました。牢内で見聞きしたことは絶対に喋るなと。喋ったら殺されるんだ」

「殺される？　誰にですか」

「わからねえ」

「わからない相手に殺されるのですか」

「そうだ。牢名主から牢内で起こったことは絶対に喋るな。喋ったら、闇の仕置人が命を奪うと」

「威しではないのですか」

「威しとは思えねえ。それに、牢屋同心も同じことを言っていた」

「牢屋同心ですか」

牢内の変死の真相を言いふらされたくないのは牢屋同心のほうが切実だろう。牢屋役人と牢屋同心が気脈を通じて、牢を出て行く者に口封じをしているのではないか。

そう思ったが、佐平は信じ切っているようだ。

「すまねえ、もう来ないでくれ」

佐平は真顔で訴えた。

「わかりました」

新吾は佐平と別れ、来た道を戻った。

小伝馬町の牢屋敷に帰るつもりだったが、日本橋を渡ってから本郷に行ってみる気になった。

その頃から黒い雲が出てきて、空模様があやしくなっていた。須田《すだ》町を過ぎ、昌平《しょうへい》橋を渡り、本郷通りを急いだ。

本郷菊坂町に着いて、十右衛門店を見つけ、木戸の脇に住む大家を訪ねた。煙管《キセル》を売っている。

大家は丸顔の鬢《びん》の白い男だった。

「私は小伝馬町の牢屋敷から来た牢屋医師の宇津木新吾と申します。勘五郎さんはこの長屋にいらっしゃいますか」

「勘五郎なら口入れ屋から帰ってきた。今、いるはずだ」

大家は出てきて、住まいまで案内してくれた。わけをきかないのは、牢屋医師と聞いて心配ないと思ったのか。

「勘五郎」

とば口の腰高障子を開けて、大家は声をかけた。

「へい」

男の返事がした。

「お客だ」

大家はそう言い、新吾を土間に入れた。

「牢屋医師の宇津木新吾です。ちょっとよろしいでしょうか」

「へえ、なんでしょうか」

勘五郎は上がり框《がまち》まで出てきて腰を下ろした。

「先日、牢内で三人の男が変死しました。そのうちのひとりが三蔵という男です。この男を覚えていませんか」

「いつも俯いてひとの陰に隠れるようにしていた男です」

「三蔵という名だと知っていましたか」

「その男に、牢屋役人がおまえは三蔵かってきいていましたからね」

「牢屋役人に三蔵のことを話したのは誰ですか」

「それは……」

勘五郎は言いさした。

「教えていただけませんか」

「知りません」

勘五郎は強い口調で言った。

「三蔵が元岡っ引きだということを、牢屋役人は……」

「先生、あっしは何も知りませんぜ」

甚五郎は目を背けて言う。

新吾は悔しさを堪え、

「やはり、牢内のことは何も喋るなと言われているのですね」

「牢にいたことを早く忘れたいんです。思い出したくないんです。もう、いいですか」

「三蔵は殴られているんです。夜中に騒ぎがあったはずです」

「あっしは何も見ちゃいねえ」

「牢を出るとき、牢名主や牢屋役人から牢内でのことは喋るなと釘を刺されたのですね」

「……」

勘五郎は黙って頷いた。

「単なる威しではありませんか」

「すみません。もう帰ってくれませんか。あっしは何も知りませんぜ」

「わかりました」

新吾はやむなく土間を出た。

だが、新吾は自分の想像が当たっていることを確信した。佐平も勘五郎も夜中の騒ぎに気づいている。そして殺されたのが元岡っ引きの三蔵だということも知っているのだ。

本郷通りを帰りながら、なぜ三蔵の死にこれほどこだわるのだろうかと、新吾は自分でも不思議に思った。

牢屋役人に誰が三蔵のことを告げたのか。おそらく、新入りの囚人だ。たまたま三蔵のことを知っていたのだろうが、その新入りは言えば三蔵が殺されるということを知っていて牢屋役人に告げたのではないかと疑っている。つまり、三蔵に恨みを持つ男が入ってきたのだ。

しかし、そうだからといって、その男を特定して何になるのか。これが、三蔵を殺すためにわざと入牢したというならことは重大だが、たまたま三蔵のことを知っている男が入ってきただけのことだとしたら、取り立てて大事に考えることではない。

それなのに、新吾は何か引っ掛かるのだ。おそらく、三蔵が『井筒屋』の押込みを探索した岡っ引きだということと『井筒屋』の下男だった丑松が殺されたことが影響しているのかもしれない。

湯島《ゆしま》聖堂までやって来たとき、ぽつりと額に冷たいものが当たった。とうとう降り出してきた。新吾は足を早めた。

四

夕方、新吾が小舟町の家に帰ると、高見左近の使いが待っていた。

「高見さまが明日にでもお会いしたいと仰っております。ご都合はいかがでしょうか」

「だいじょうぶです」

もはや、牢屋医師の仕事はないも同然だ。

「それでは、薬研堀《やげんぼり》にある『冬川《ふゆかわ》』という料理屋に昼にお出でくださいますか」

「『冬川』ですね。わかりました」

使いが帰ったあと、順庵がやって来て、

「新吾。よいか、話をお受けしろ」

と、勧めた。

「わかりました」

新吾の答えに、順庵は満足そうに頷いた。

それから、新吾は患者の診療に当たった。貧しい患者の多くは栄養が足りていないために体に不調を来している。幻宗が考えた栄養を補う薬を与えたあと、しっかりした食事をとるように言うが、稼ぎが少なければそれも叶わない。

夜になっても患者が減らず、五つ（八時）になってようやく最後の患者が引き上げた。

早めに上がった順庵は酒を呑んでいて、目の縁を赤くしていた。

「だいぶ召し上がっていますね」

新吾が声をかける。

「新吾がまたお抱え医師になる前祝いだ」

順庵は上機嫌だった。

「まだ、正式に決まったわけではありません」

「なあに、向こうから乞われているのだ。新吾がその気になれば問題ないはずだ」

順庵はすっかりその気になっていた。

またお抱え医師の看板を出せば、富裕な商家の患者が増えるだろう。順庵の心は満たされ、実入りも増える。

新吾には忸怩《じくじ》たる思いもあるが、実入りが多くあれば貧しい患者へ手厚い支援が出来るのも間違いない。

ただ、まだ正式に決まったわけではない。もう御家騒動に巻き込まれることはあるまいと思うが、いま一つ、松江藩が新吾にこだわるわけが不明だ。

遅い夕餉をとったあと、新吾は自分の部屋に下がった。

牢屋医師のあり方や、牢内の無法化を見て見ぬ振りをしている牢屋同心たちのことを考えるとやりきれなくなる。

少なくとも谷村六郎のような考えの者が医師をやっていてはいけない。だが、今はあのような医師が歓迎されるのだ。

そう考えると、暗澹たる思いになった。

片づけ物を済まして香保がやって来た。

「何かありましたか」

香保が細い眉根を寄せてきいた。

「どうして？」

「ときおり、考え込んでおられましたから」

「顔に出ていたか」

新吾は顔を手のひらでさすって、

「よけいな心配をかけてすまない。私はまだ未熟だ」

と、自嘲《じちょう》した。

「そんなことありません。かえって、顔に出さないで自分ひとりで抱え込まれていたほうが悲しいです。私が気づかないほうがとてもいやです」

「そうだな」

新吾は俯いた。

「お抱え医師のことですか」

香保がきいた。

「ほんとうはお抱え医師を引き受けたくないのでは？」

香保は誤解していた。

「いや、いろいろなことを考え合わせて、お抱え医師になろうと決めたのだ。もっとも、明日高見さまの話を聞いて、とうてい受け入れられない条件を突き付けられるかもしれない。そのときは改めて考え直すかもしれないが」

まだ、高見左近の本心がわからない。何らかの形で新吾を利用しようとしているのかもしれない。しかし、そうだとしてもそれが何なのかわからない。

あるいは、そう考えることは不遜《ふそん》で、新吾に利用する価値はなく、ただ純粋に医師としての役割だけで、それ以外は何も期待されていないのかもしれない。

「このことは、明日高見さまと会ってみなければわからない」

以前から疑問に思っていてまだ完全に解決出来ないことがあった。幻宗と松江藩の関係だ。まだ、何らかのことでつながっているような気がしてならないのだ。それは、土生玄碩の話があるからだ。ケシの栽培のことだ。

幻宗は南蛮に渡ってケシの種子を手に入れてどこかで栽培していると、玄碩は話していた。

以前、公儀隠密の間宮林蔵は幻宗が薬草園を持っているにしてもかなり大勢の者が携わっていないと薬草を育てていくのは難しいと言っていた。

だが、松江藩が薬草園に関わっているとしたら……。つまり、幻宗が全国の山野を巡って収集した薬草は松江藩の管理の下で守られている。そこからケシが各地に売りさばかれているのでは……。

新吾は高見左近との話し合いがとても大事になってきたと思った。

翌日の昼前、小伝馬町の牢屋敷から米沢町《よねざわ》に行き、薬研堀にかかる元柳橋《もとやなぎばし》を渡り、『冬川』という料理屋の門をくぐった。

高見左近の名を出すと、離れの部屋に案内された。

すでに、高見左近が端然《たんぜん》と待っていた。

「よう来られた」

敷居をまたぐと、左近がすぐ声をかけた。

新吾は少し離れた向かいに腰を下ろした。

案内してきた女将《おかみ》に、左近は目配せをした。

女将は黙って部屋を出て行った。

「牢屋敷のほうはいかがか」

「はい。それなりに」

新吾は曖昧《あいまい》に言う。

「きょうははっきりした返事をいただきたくて参った」

左近は切り出した。

「先日も話したように一連の御家騒動もけりがつき、殿も安穏な日々を送っている」

そう言ってから、

「我が藩がどういう形になったか、そなたには話していなかった」

「はい」

「我が殿嘉明公は後継に我が子を選ばれた」

「嘉明公の勝利に終わったというわけですね」

八年前、先代の嘉孝《よしたか》公は実子の孝太郎《こうたろう》ではなく弟の嘉明を後継にした。孝太郎は側室の産んだ子だが、側室の父親が次席家老の八田彦兵衛《はったひこべえ》だったことを先代は気にした。

孝太郎を後継にすると、祖父である八田彦兵衛が孝太郎君の後見として力を得るようになる。そのことを恐れ、嘉孝公をはじめ重役らもこぞって反対した。

ただ、嘉明公のあとは孝太郎に藩主の座を譲るという約束があった。嘉明公が亡くなる頃には老齢の八田彦兵衛はすでにこの世にいないという計算からだ。嘉明公のあとは孝太郎に藩主の座を譲ることは重役たちの間で念書がかわされているので既定のことだった。

ところが、八田彦兵衛が嘉明公暗殺を企てたのだ。八田彦兵衛は自分がまだ元気なうちに孝太郎君に藩主になってもらい、自分は後見として政《まつりごと》を担おうとしたのか。ところが実態は違った。国表では嘉明公に繋がるものが重役連中をひとりずつ説き伏せ、約定《やくじょう》を廃棄させようと動いていたのだ。誰も長い間権力の座にあれば、それを他人に渡したくなくなるものだ。嘉明公も例外ではなかった。藩主の座を我が子に譲ろうとして、念書の破棄を迫っていた。その動きに気づいた八田彦兵衛は決起したのだ。

しかし、嘉明公暗殺は失敗におわり、八田彦兵衛は自害した。

八田彦兵衛亡きあとも、嘉明公の重役たちに対する説得は続いた。そして、今は嘉明公の望みどおり、我が子を後継することになったのだ。

先君の兄嘉孝は弟嘉明にあとを継がせ、その後に我が子孝太郎を藩主の座につけさせるように言い残した。

その誓約を嘉明公は破り、我が子を後継にし、重役たちの承諾をとったという。

「新吾、このことはわかってもらいたい。嘉明公は私欲から我が子を後継にしたのではない。嘉孝公の子孝太郎君は凶暴な性格だ。幼少期から猫《ねこ》や犬を苛め、長じるに従ってますます乱暴になっていった。家来を手打ちにしたこともあった。そんな孝太郎君が藩主になることを誰もが憂えていた」

「で、孝太郎君はどうなるのですか。禍根を残さないのですか」

「孝太郎君は出家なさった」

「出家？」

「そうだ。もはや、藩政に口出しすることはない」

「将来、孝太郎君を還俗させ、藩主の座につけようと目論む輩《やから》が出る恐れはないでしょうか」

「心配ない」

「そう言い切れるのですか」

「次期藩主は嘉明公の世嗣とし、孝太郎君を出家させるということは重役たちの一致した意見なのだ」

左近は自信に満ちた表情で言い、

「嘉明公はそなたの蘭学の講義を受けたいのだ。どうだ、また改めて殿に講義をしてもらえぬか。それから、殿の意向で、そなたには番医師として勤めてもらいたい」

「番医師ですか」

新吾は驚いてきき返した。

松江藩のお抱え医師は幕府とだいたい同じような職制だった。殿様や奥向きを受け持つ近習医や、家老、番頭、用人などの上級藩士を診る番医師、そして下級武士、すなわち勤番長屋に住む江戸詰の藩士及び中間・小者の治療をする平医師に分かれている。

前回、新吾は勤番長屋と中間長屋を受け持つ平医師として採用された。今回は、番医師だという。つまり、家老、番頭、用人などの上級藩士を診るお役目だ。

「なぜでございますか。破格の待遇に思えますが？」

新吾は不思議に思ってきいた。

「そなたの医者としての技量は前回で明らかだ。殿は近習医として迎えてもいいと仰っていたが、それにしては若すぎる。そこで、番医師をお願いしたいのだ」

「……」

平医師のつもりでいくぶん気楽に構えていたが、番医師と聞いて新吾は少し戸惑った。

相手の身分で医者としての態度を変えたりはしない。だから、診療に関して迷ったのではない。上級武士と接する機会が多くなれば、おのずと藩政に絡むことなどが耳に入ってくるに違いない。

そのことでまた新たな揉め事に巻き込まれないか。たとえば派閥が出来ていたり……。

「心配することはない。もはや、藩には大きな問題はない」

まるで、新吾の心を読んだように、左近が言った。

「他の医師からの反感を買うかもしれません」

「それはどこへ行っても同じではないか。嫉妬《しっと》はどこでもつきものだ。己が大きくなっていくためにはそれに打ち勝つことも必要ではないか」

おそらく、左近も嫉妬に見舞われたのであろう。

「わかりました」

新吾は素直に答えた。

「では、来てくれるな」

「はい、お世話になります」

「そうか。これで、殿に顔向け出来る」

左近は安心したように言い、

「そうそう、新たに招聘した近習医は、公儀の奥医師の弟子筋に当たるお方だという話をしたと思うが、そのお方にそなたの話をしたら、ぜひ会いたいと仰っていた」

「……」

その近習医にどんな話をしたのか、気になったが、わざわざきくまでもないことだ。

「では、さっそく来月から来てもらえるな」

「来月？」

「出来ることなら来月に入ったらすぐに来てもらいたいのだ」

「わかりました」

「殿にそのように知らせておく」

「左近さま」

新吾は口調を変え、

「少しお訊ねしたいのですが」

「なにか」

「幻宗先生とご当家の関わりです」

「関わり？　何のことだ？」

「いえ、なければよいのです」

ケシの栽培のことをきいても正直に答えてくれるかわからないと思い直した。

「幻宗どのとはもうとっくに縁が切れている。幻宗どののことはもはや気にする必要はない」

「はい」

ケシの栽培のことは松江藩の上屋敷に通いだしてから密かに調べてみようと思った。

「では、また新たな門出を祝い、一献傾けようぞ」

そう言い、左近は手を叩いた。

襖が開いて顔を出した女将に、左近は酒を頼んだ。

左近と酒を酌み交わしたとき、また新たな道が始まるのだと実感した

五

翌朝、新吾は牢屋敷に出ると、詰所に顔を出してすぐ揚がり屋に行った。

文太郎は正座をしていた。目がぎらついていた。

「どうですか」

「だいぶいい」

「きょうは薬を飲む日です」

そう言い、新吾は薬を取りだした。

「何度も言うようですが、この薬を飲めば痛みなど忘れます。しかし、そのぶん寿命を縮めます」

「わかっている。それで十分だ」

文太郎は険しい顔で、薬を飲んだ。

「奉行所の裁きはどうなりましたか」

「まだだ。だが、すぐに出るようだ」

「赤城さん、丑松さんとのことを話してくれませんか。何かご存じではないのですか」

「知らない」

「下手人の探索が難航しているようです。三年前の押込みも未解決のままです。その押込みと関わりがあるのでしょうか」

「俺が知るはずない」

「そうでしょうか。あなたは何か知っているんじゃありませんか」

「どうして、そう思うのだ？」

「先日牢内で殺された三蔵という男は三年前の押込みを探索した岡っ引きでした。不始末をして岡っ引きをやめさせられたあと、事件を起こし入牢したのです。三蔵が岡っ引きだったことを牢名主に訴えた者がいるのです」

「大勢囚人がいるのだから知っている者がいても少しも不思議ではない」

「確かに。でも、三蔵は岡っ引きをやめて二年になります。岡っ引きのときと雰囲気は変わっているはずです。三蔵は牢内で目立たないようにおとなしくしていたのでしょう。入牢して半月は気づかれずにいたのです」

「待ってくれ。そんな話を俺にされても困る」

「不思議なんですよ。三年前の押込みに関係しているふたりが殺された。そして、丑松さんと何か関係がありそうな赤城さんが長尾久兵衛さまを斬って牢獄に入っている。私は偶然とは思えないのです」

「俺はごろつきに因縁をつけられた丑松という男を助けてやったことがあるだけだ。その後、またごろつきからいじめられていないか心配しただけだ」

「最初はそのようなことは言ってませんでした」

「言う必要がないからだ」

やはり、何か隠しているようだ。これ以上きいても無駄だった。

揚がり屋から詰所に戻ったが、伊吹昭六と川島文拓がいて、谷村六郎はいなかった。外に出ているのだろう。ふたりは女の話をしていたようだ。それも患者の女のようだ。そのような話に加わりたくないので、新吾はふたりに挨拶をして詰所を出た。今はすでに新吾にやるべきことはなかった。

牢屋敷の外に出て、これからもう一度芝に行こうか本郷に行こうかと思ったが、きのうの様子では勘五郎も佐平も喋ってくれそうにない。

それより、先ほど文太郎と話していて気づいたことがあった。丑松も三蔵も三年前の押込みと直接ではないが関わっている。赤城文太郎が丑松を知っているのもその押込み絡みではないか。

三年前の『井筒屋』の押込みを調べてみる必要があると思ったとき、足は深川に向かっていた。

新吾は小伝馬町から永代橋を渡って深川にやって来た。

同心の笹本康平を捜して自身番《じしんばん》に聞いてまわって、永代寺門前仲町《えいたいじもんぜんなかちょう》で伊根吉と米次が歩いている姿を見つけ声をかけた。

「伊根吉親分」

　ふたりは立ち止まって振り返った。

「宇津木先生、どうしたんですか」

　伊根吉が不思議そうにきいた。

「笹本さまにお会いしたいのです」

「笹本の旦那とは仲町の自身番で落ち合うことになっています。笹本の旦那に何か」

「三年前の『井筒屋』の押込みについて話をお聞きしたいと思いまして」

「三蔵の件ですか」

「ええ、それと『井筒屋』の下男だった丑松も殺されています。どうも、三年前の押込みと何か関係があるのではないかと思いまして。それから、長尾久兵衛さまを斬りつけた赤城文太郎が丑松と何か関わりがありそうなんです」

「なるほど。わかりました。いっしょに行きましょう」

　自身番に着くと、上がり框に腰を下ろして笹本が茶を飲んでいた。

「旦那、宇津木先生が三年前の『井筒屋』の押込みについて話を聞きたいそうです」

「『井筒屋』の押込み？」

　笹本康平は表情を曇らせ、

「それがどうかしたのですか」

「三蔵と丑松、それに赤城文太郎。この三人が『井筒屋』の押込みに何らかの形で関わっているんじゃないかと思うのです」

　伊根吉に話したことを、もう一度口にした。

「しかし、三年前のことではないか」

　聞き終えた笹本康平がきいた。

「三年経ったからこそ、何かが噴き出したのかもしれません」

　笹本康平は厳しい顔で、

「結局、解決出来ずに終わった」

　と、悔しそうに言う。

「どういう流れだったのか、教えていただけますか」

「三年前の冬の夜、本所横網町にある『井筒屋』の下男の丑松が夜中に自身番に駆け込んできた。賊が侵入したというのだ。自身番から知らせを受けて、三蔵が駆けつけた。すると、主人の幸兵衛《こうべえ》が刀で斬られて殺され、内儀のおゆみが怪我を負い、支払いのために手文庫に用意をしていた百両が奪われたのだ」

「他の奉公人は？」

「無事だった。犠牲になったのは主人夫婦だけだ」

「賊に侍がいたのですね」

「そうだ。賊は奉公人に姿を見られずに逃走したが、唯一丑松だけが裏口から逃げて行く賊の後ろ姿を見ていた。だが、侍だとわかったが、顔まではわからなかった」

笹本康平は渋い顔で続ける。

「岡場所《おかばしょ》や料理屋などで急に派手に遊びだした浪人や、不良御家人らを密かに当たった。だが、引っ掛かる者は出てこなかった」

「不良御家人というのは？」

「『井筒屋』は深川や本所の御家人の屋敷に酒を納めているのだ。内儀のおゆみが評判の美人で、武士たちにも人気があったようだ」

「もしや、『井筒屋』の客に長尾久兵衛さまのお屋敷も？」

「いや、そこまでは承知していない。だが、ないこともないだろう」

そう言ったあとで、笹本康平は眉根を寄せ、

「なぜ、長尾久兵衛さまのことを？」

と、きいた。

「三蔵と丑松が殺される少し前に赤城文太郎が長尾さまを斬りつけたことが引っ掛かるのです」

「偶然ではないのか」

「そうかもしれませんが」

新吾は首をひねった。

「ところで、今『井筒屋』は？」

「亡くなった幸兵衛の弟があとを継いでいる」

「その弟というのは？」

「本当の弟だ。当初、この弟と賊の関係を疑ったが、特に怪しいところは見つからなかった。弟は真面目《まじめ》な職人だった」

「三蔵は熱心に探索していたのですか」

「やっていた」

「三蔵は摑んだことを、笹本さまに知らせなかったということはありませんか」

「……」

笹本康平の顔つきが変わった。

「そういうこともあるのですね」

「奴は金で事件を揉み消すようなことをしていたので手札を取り上げたのだ。『井筒屋』の件でも、そういうことがなかったとはいえない」

「そうですか」

「宇津木先生は、どうなさるのですか。まさか、三年前のことを調べようと？」

「いえ、そこまでは考えていませんし、私には無理です」

「もう三年経ち、今さら真相に辿り着けるとは思えません」

「わかっています。ただ、『井筒屋』の件が尾を引いているように思えてならないのです。ですから、『井筒屋』と長尾久兵衛さまの関わりなどを調べてみようかと」

「旦那」

伊根吉が口をはさんだ。

「あっしに『井筒屋』の押込みを調べさせていただけませんか」

「……」

笹本康平は思案《しあん》するように顎《あご》に手をやった。

「幸い、今は手をつけている事件はありません」

「いや、今さら調べ直したって新たな証が見つかるわけではない。無駄骨を折るだけだ」

笹本康平は首を横に振った。

「私なりに調べてみます」

新吾は言ってから、

「赤城文太郎の裁きは今どうなっているのでしょうか」

「今は意見書をつけて老中にお伺いを立てているところらしい」

「老中にお伺い？」

「武家奉公人の成敗は主人に任されているからな」

「すると、長尾久兵衛さまに引き渡されると？」

新吾は唖然《あぜん》とした。

「そうだ」

笹本康平ははっきり言ってから、

「では、我らは町廻りに出るので」

と、伊根吉に声をかけて自身番を出て行った。

新吾は笹本康平らを見送りながら、文太郎が長尾久兵衛の手に引き渡されるらしいことに衝撃を受けていた。

このことを文太郎は察していたに違いない。

ようやく文太郎の狙いがわかった。


新吾は仙台《せんだい》堀から小名木川を渡って常盤町にやって来た。

きょうも幻宗の施療院は通いの患者でいっぱいだった。

ちょうど幻宗は往診に出かけるところだった。

この施療院は基本的には通いだが、歩けなかったり、寝たきりだったり、さらに重篤《じゅうとく》な患者のところへは往診に出向く。それでも、薬礼はとらない。今は医者が棚《たな》橋三升《はしさんしょう》のほかにふたり、そして見習いが三人と増えていた。

よほど余所からの実入りがないと、この施療院はやっていけない。

「往診はどちらに？」

新吾はおしんにきいた。

「長尾さまのところです」

「長尾さまですか」

新吾はすぐに幻宗を追い、

「先生、ごいっしょさせてくださいませんか」

と、訴えた。

一瞬の間があって、

「いいだろう」

と、幻宗は答えた。

六軒堀川を越えて、長尾久兵衛の屋敷にやって来た。

久兵衛はまだ横たわっていたが、目は開いていた。

幻宗が薬を替えるのを新吾は手伝う。

「痛みはどうですか」

幻宗はきいた。

「動くと少し痛むが、だいぶ楽になった。幻宗どののおかげだ」

久兵衛は礼を言う。

「いえ、殿さまの頑健な体の賜物《たまもの》でござる」

幻宗は決して自分の手柄とは考えない。医者は治すことが当たり前と思っているからだ。しかし、幻宗が手当てをしなかったら、長尾久兵衛の命はなかったはずだ。

新吾はさりげなく部屋の中を見回す。先日見かけた奥方はいなかった。

幻宗は手当てを終えて、引き上げようとした。

見送りに出た用人に新吾はきいた。

「失礼ですが、本所横網町にある『井筒屋』という酒屋はこちらに出入りをなさっていらしゃいますか」

「いえ。『井筒屋』とは縁がありませぬ」

表情を変えずに用人は答えた。

「以前もでしょうか」

「……」

用人は答えなかった。

幻宗と新吾は脇玄関から出た。

長屋門を出てから、

「新吾、『井筒屋』がどうかしたのか」

と、幻宗がきいた。

「三年前、『井筒屋』に押込みが入り、主人が殺害されました。下男の……」

「待て」

幻宗が新吾の声を制した。

「説明は無用だ」

「はい」

医者は傷病人を治すことが使命であり、それ以外のことに関心を向けるべきではないというのが、幻宗の考えだ。

「なぜ、ついてきた？」

幻宗が鋭くきく。

「長尾さまを斬った赤城文太郎はどうやら長尾さまのところに引き渡されることになるようです」

「……」

幻宗の歩行は速い。新吾も早足で追いすがりながら、

「文太郎がひと月間の元気を取り戻したのは、改めて長尾さまを襲う気があるのではないかと思いまして」

「文太郎から直にきいたのか」

「いえ」

「そなたの想像か」

「はい。でも、状況からしてそう考えるのが自然ではないでしょうか」

「だとしたら、どうするのだ？」

「……」

「長尾さまにそのことを告げるのか。そして、文太郎にも長尾さまは狙いを知っていると言うのか。それとも、奉行所に文太郎はこういう企みがあるから長尾さまへの引き渡しをやめろと訴えるか」

幻宗は鋭くきいた。

「どうなんだ？」

「そこまで考えていません」

「文太郎が長尾さまに引き渡されたとしても解き放たれるわけではない。当然、縄目のままであろう。そんな文太郎に何が出来ようか」

「そうですが」

新吾は反論に窮した。

「医者はよけいなことを考えずともよい」

「しかし……」

新吾は言いさした。

被害者、加害者の両方に治療を加えた結果がこうなったと言おうとしたのだ。もし、長尾久兵衛があのまま死ねば、文太郎は何も考えなかっただろう。あるいは、長尾久兵衛の命が保たれても、文太郎の体が弱っていればそのような企みも起きなかったはずだ。両者を助けたために、新たな局面になったのだ。そのことを訴えようとしたが、幻宗の答えはわかっている。

被害者、加害者の関係を考えるべきではない。医者は目の前の患者に対するだけだ。

そう言うだろう。

だが、新吾は割り切れなかった。

第三章　『井筒屋』の内儀

一

幻宗と共に長尾久兵衛の屋敷から施療院に帰ったが、新吾はそのまま辞去した。

ほんとうは幻宗に松江藩に番医師として迎えられることを報告するつもりだったが、予定を変えて本所横網町に向かった。

医者はよけいなことに首を突っ込むべきではないと幻宗は言うが、新吾は『井筒屋』の件が頭から離れなかった。

弥勒《みろく》寺の前を通り、竪川《たてかわ》にかかる二ノ橋を渡り、一ツ目通りから回向《えこう》院のほうをまわり、横網町にやって来た。

『井筒屋』は土蔵造りの店だった。広い土間の塀際には酒樽があって、そこから徳利に酒を注いでいる。

新吾は店先に立って番頭ふうの男に声をかけた。

「私は宇津木新吾と申します。ご主人にお会いしたいのですが」

「どんな御用でいらっしゃいますか」

番頭は新吾を不思議そうに見た。

「私は牢屋医師なのですが、以前こちらで働いていた丑松さんのことでお伺いしたいことがありまして」

「主人は丑松のことはほとんど知りませんが」

番頭が応じた。

「番頭さんは以前からこちらに？　つまり、押込みの前から？」

「はい」

「では、丑松さんのことをご存じですね」

「ええ。下男として働いていましたから」

「丑松さんが殺されたことはご存じですか」

「はい。重助という親分さんがやって来て聞きました。でも、半年前に辞めました」

「なぜ、丑松さんは辞めたのでしょうか」

「理由は何も言いませんでした」

「そうですか。少し、お話をしてよろしいですか」

新吾は相手の意向を確かめた。

「ええ。でも、なんの話でしょうか」

番頭は警戒した。

「三年前の押込みのことで」

「……」

番頭は表情を曇らせた。

「ご主人を殺した賊も見つからずじまいだったようですね」

「ええ。酷いことでした」

「その後、ご主人の弟さんがお店を継いだそうですね」

「そうです。一時は店を畳むという話も出たのですが、主人の弟が引き受けてくれることになって奉公人も仕事を失わずにすみました」

「そのときは丑松さんも引き続き下男の仕事をすることにしたのですね」

「そうです」

「その二年半後にお店を辞め、丑松さんは日傭取りをしていたようです。よほど、『井筒屋』にいられない事情でも出来たのかとも思ったのですが」

「特にそのようなことはないはずです。ただ、しいていえば……」

番頭が言いよどんだ。

「なんでしょうか」

「いえ、当たっているかどうかわかりませんが、丑松が辞める半月ほど前に、前の内儀さんがお亡くなりになったのです」

「えっ、前の内儀さんというとおゆみさんですか」

「そうです」

「押込みに怪我を負わされたそうですね」

「ええ。その怪我はたいしたことはなかったのですが、気うつで橋場《はしば》にある寮で養生をしていました。最近では食べ物もとらなくなり、とうとう……」

「そうですか。先代の内儀さんはお亡くなりに」

新吾はしんみり呟《つぶや》いた。

「丑松は内儀さんを慕っていましたからお亡くなりになったことで心が折れてしまったのかもしれないと、ふと思ったのです」

「しかし、丑松さんはここで働き、おゆみさんは橋場の寮にいたのですよね」

別の場所で過ごしていたのだから顔を合わせることもなかったのではないか。

「ときたま、丑松は使いで橋場に行っていました」

「丑松さんは時々はおゆみさんに会うことが出来たのですか」

「会うというより顔を見るだけだと思いますが」

番頭は痛ましげに言う。

丑松が『井筒屋』を辞めたのはおゆみの死がきっかけだろうか。評判の美人であったおゆみに憧れの気持ちを抱いていたのかもしれない。しかし、いくらおゆみの死が悲しくても単なる奉公人に過ぎない。おゆみが死んだからと言って、『井筒屋』を辞める必要はないはずだが……。

「先代の内儀のおゆみさんは押込みのあとから気うつに？」

新吾は確かめた。

「その数日前から少し様子がおかしかったようです。ただ、押込みに先代の旦那が殺されてからよけいにひどくなって……」

「少し様子がおかしいとは？」

「とても塞ぎ込んでいて、旦那さまが心配していました」

「何かあったんでしょうか」

「わかりません」

「『井筒屋』さんは武家屋敷にもお酒を納めているようですね」

「はい。ご贔屓《ひいき》いただいています」

「その中に、旗本の長尾久兵衛さまはいらっしゃいますか」

「ええ、長尾さまはいいお得意さまでした」

「お得意？　間違いはありませんか」

「はい。どうしてですか」

「いえ」

用人の蒲原は『井筒屋』とは縁がないと言っていた。思い違いをしていたのか、それとも蒲原は商人とは関わっていないのか。

「用人どのをご存じですか」

「蒲原さまですね。存じあげております。お屋敷を訪れた際にご挨拶いたします」

「今は？」

「いえ。前の旦那が亡くなってからつきあいはなくなりました」

「つきあいがなくなった？　どうしてなんでしょうか」

「前の旦那とのつきあいで酒を注文してくれていたようです」

「長尾さまがそう仰ったのですか」

「そうです。今の旦那さまが挨拶に行ったとき、そう言われたそうです」

「なんだか、薄情のような気がしますが」

新吾は長尾久兵衛の態度に納得がいかなかった。

「長尾さまの若党で赤城文太郎というひとがいました。ご存じでいらっしゃいますか」

「ええ、ここにも何度か来ていただきました」

「どのような用で？」

「注文の使いでしょうか」

「赤城文太郎どのと丑松さんは顔を合わせているのでしょうか」

「どうでしょうか。顔を合わせたことはあるかもしれませんが、丑松は下男ですからね。ふつうでは会うことはありません」

「番頭さんともよく顔を合わせたのですね」

「ええ。そうです」

「どんなお方に思えましたか」

「若党に取り立てられて侍身分になれたことで、長尾さまには恩義を感じているようでした。忠実な家来でした」

「忠実な家来ですか……」

その文太郎が長尾久兵衛を殺そうとしたのだ。病気を理由に若党をやめさせようとしたことにかっとなったというが、恩義を感じている相手にそのようなことで刃を向けるのだろうか。

それほど、若党という座を失いたくなかったのか。

「長尾さまが何か」

番頭が不審そうにきいた。

「赤城どのが長尾さまを斬りつけたことはお耳には?」

新吾は口にした。

「なんですって。赤城さまが長尾さまに?　で、長尾さまは?」

「重傷でしたが、命をとりとめました」

「そうですか。で、赤城さまは今どうなさっているのですか」

「小伝馬町の牢屋敷におります」

「赤城さまがそのようなことをするなんて信じられません」

番頭は首を横に振った。

「それからもうひとつ」

新吾は引き続ききいた。

「三蔵という岡っ引きが押込みの探索をしていましたね」

「ええ。いやな親分さんでした」

番頭は顔をしかめた。

「三蔵の探索はどうでしたか」

「誰よりも早く駆けつけ、ずいぶん、熱心に手掛かりがないか探していました」

「そんなに熱心だったのですか」

「ええ、畳に這いつくばって何かないか調べていました」

「で、何か押込みの手掛かりを摑んだような様子は？」

「何も見つからなかったと思います。でも、三蔵親分はその後、岡っ引きをやめたそうですね」

「誰からそれを？」

「同心の笹本さまからです。三蔵は不祥事を起こしたので手札を取り上げたと仰っていました」

「笹本さまも押込みに関して手掛かりは何も摑めなかったのですね」

「ええ、浪人や不良御家人などを当たったそうですが……」

「逃げて行く賊の後ろ姿を丑松さんが見ていたそうですね」

「ええ。でも、後ろ姿だけでは何もならなかったようです」

「賊は裏口から侵入しているようですね。裏口の鍵はどうしたのでしょうか」

「わかりません」

「鍵の掛かりは？」

「私が最後に確かめることになっていました。私は鍵がかかっているのを確かめました。だから、丑松が疑われました」

「三蔵親分はそう見ていたのですか」

「そうです。三蔵親分がそう思うのも無理ありません。内部に賊を引き入れる者がいたと考えたほうが説明がつきますからね」

「でも、丑松さんが鍵を開けたという証は見つからなかったのですね」

「そうです。だから、鍵を閉め忘れたということになりました」

「番頭さんは鍵がかかっていたのを確かめているのですよね」

「ええ。でも、鍵はほんとうにかかっていたと言い張ると、丑松にますます疑いがかかってしまうようなので、もしかしたら私が鍵がかかっていないのを見逃したのかもしれないと言いました」

鍵がかかっているのを確かめていたにも拘らず、番頭は鍵の確認を怠ったと言い分を変えたようだ。

そのことが事件の解決を遠退かせたかどうかはわからない。

「今頃、押込みの件が問題になっているのですか」

番頭は不審そうにきいた。

「いえ。丑松さんを殺した下手人がまだ見つからないので……」

新吾は曖昧な返事をして、

「いろいろありがとうございました。また、何かあったら教えてください」

と、礼を言い土間を出た。

新吾は本所から両国橋《りょうごく》を渡った。

まだ陽は沈み切っていない。大川には屋根船が浮かんでいた。風もなく、波も穏やかだ。だが、新吾の心は波立っていた。

やはり、三年前の押込みが今も尾を引いているのは間違いないような気がした。

両国橋を渡り切り、小伝馬町の牢屋敷に急いだ。

そして、牢屋敷に着くと、牢屋同心に声をかけ、揚がり屋に入れてもらった。

赤城文太郎は鋭い目で新吾を迎えた。

「こんな時間になんだ?」

「少し確かめたいことがありましてね」

「……」

「まず、丑松さんとの関係ですが、あなたはときたま長尾さまの使いで『井筒屋』に行っていたそうですね。そこで、丑松さんとは顔を合わせているのではありませんか」

「丑松は下男だ。下男に会うことはない」

文太郎は言下に否定した。

「『井筒屋』に行っていたことは認めるのですね」

「……」

「黙っているのは認めたということでよろしいですね」

「そんなことはどうだっていいことだ」

文太郎は突き放すように言う。

「いえ、あなたは最初は丑松さんとの関係を隠していました。なぜ、隠したのですか」

「言う必要がないからだ」

「丑松さんが『井筒屋』の下男を辞めた理由らしきものがわかりました」

新吾は文太郎の顔を見つめ、

「先代内儀のおゆみさんは、押込みでご亭主を失ってから気うつが激しくなり、橋場の寮で養生していたそうです。ところが、半年前に亡くなったそうです。それから半月後に丑松さんは『井筒屋』を辞めたのです。偶然でしょうか。偶然だとは思えません」

「内儀に惚れていたのか」

文太郎は冷笑を浮かべ、

「惚れた女が死んだんだ。『井筒屋』で働く気力がなくなったのだろう」

「それで辞めるでしょうか。何か他に狙いがあったのではないでしょうか」

「なんだ、狙いとは？」

「まだ、はっきりとはわかりません。もう少し調べてからではないと迂闊《うかつ》なことは言えません。今の段階はあくまでも想像でしかありませんから」

「どんな想像をしているのかしれぬが、無駄なことはやめたほうがいい」

「無駄ではありません」

「そなたは医者ではないのか。医者は患者を診るのが仕事。よけいなことに首を突っ込むのは医者の仕事を放棄しているのと同じことではないのか」

「まるで、私の師の幻宗先生から言われているようです」

新吾は苦笑した。

「わかっているのですが、放っておけないんです。性分なのでしょう。私は関わった患者の人生にも目を向けたいのです」

「ひとりに目を向ければ、そのひとりに関わる者まで広がる。医者をやりながら、それをするのは無理だ」

文太郎は厳しい顔になって、

「それに深く探ることがいいことかどうか。かえって、相手を不幸にするかもしれぬ」

「ほんとうのことを知りたいのです。真実を知ることで、患者の心も助けることが出来る。体だけでなく、心も助けたいのです」

「心を助けるなど出来るものか。ひとの心が他人にわかるはずがない」

「そうかもしれません。でも、私はあなたが元気を取り戻したひと月間で何をしようとしているのか、いや何が出来るのか、そのことを探りたいと思います」

新吾は言い切って、

「では、また参ります」

と、腰を上げた。

詰所に戻ると、伊吹昭六が細身の三十半ばの男と向かい合っていた。十徳《じっとく》姿を見て、三輪田良斎だと思った。

「宇津木さん、ちょうどよかった」

伊吹昭六が声をかけた。

「三輪田良斎どのだ」

やはり、三輪田だった。

「宇津木先生ですか」

「はい。宇津木新吾と申します」

近くに腰を下ろし、新吾は挨拶をした。

「私に代わって留守を守っていただきありがとうございました」

三輪田良斎も丁寧に返した。

「いえ、とんでもない。おかげで、いい勉強をさせていただきました」

「急に江戸に戻ることになり、来月頭から復帰することになりました」

「どちらにいらっしゃっていたのですか」

新吾はさりげなくきいた。

「小田原《おだわら》城下です」

にこやかに話す三輪田良斎は如才《じょさい》がなかった。

同心が急病だと言いに来て、伊吹昭六が薬籠を抱えて出て行った。

「ここはどうですか」

三輪田良斎は笑みを消してきいた。

返答に戸惑っていると、

「ここでの医者とは何かと疑問を抱きませんか。私も最初はなかなか受け入れられませんでした。牢内での不審死ですよ」

「作造りというひと減らしですね」

新吾も応じる。

「病死としなければここでは物事は動かないのですからね。牢屋同心も黙認しなければ、牢内の秩序が保てない。根本は牢内の環境です。囚人が多すぎます……」

三輪田良斎は牢屋敷の矛盾を訴えているのかと思いきや、だんだん話が違ってくるのがわかった。

「牢内に牢屋役人がいて、牢内の平穏が守られているのです。作造りということがほんとうに行われているかわかりませんが、牢屋役人の言葉を信用することから……」

新吾は途中から聞き流した。

新吾が牢内のことに批判的だと増野誠一郎から聞いて、三輪田良斎はそんな話をしだしたのだろう。

こんなことでほんとうにいいのか。新吾は内心で反発しながら三輪田良斎の相手をしていた。

二

夕方、新吾が牢屋敷を出て、小舟町の家に向かっていると、途中で岡っ引きの重助に会った。

「親分」

新吾は呼びかけ、

「丑松さんの件の探索はいかがですか」

と、きいた。

「丑松が殺されたと思われる夜に、畚《もつこ》を運ぶふたりの男が目撃されていました」

「その畚に丑松さんの？」

「そうです。どこか別の場所で殺され、亀戸の雑木林の中まで運ばれたのでしょう」

「丑松さんは刀で斬られていたのですね。すると、斬った侍以外に死体を運んだ仲間がふたりいるということですね」

「そうです。おそらく、押込みの仲間です」

「親分はやはり、丑松が押込みの一味だとお考えですか」

「そうです」

重助は言い切った。

「親分、そのことでお話をしておきたいことがあるのですが」

新吾は都合をきいた。

「では、人形町《にんぎょう》通りに馴染みのそば屋があるので。その二階に行きましょう」

あっさり言い、重助は先に立った。

人通りが多く、話は出来なかった。

人形町通りに入り、そば屋の暖簾《のれん》をくぐった。

客がふた組いた。

「亭主、二階を使わせてくれないか」

重助が年寄りの亭主に声をかける。

「どうぞ」

亭主はあっさり答えた。

重助は手下を一階で待たせ、新吾を誘い階段を上がった。二階の奥の小部屋に重助は入って行った。

「ここなら誰にも聞かれません」

重助は腰を下ろしてから、

「お伺いいたしましょう」

と、促した。

「その前に先ほどの丑松の件ですが、丑松は押込みのあとも『井筒屋』で働いています。分け前を手に入れたのですから暮らしが派手になってもいいと思うのですが？」

「ほとぼりを冷ましていたのかもしれません」

「丑松がまとまった金を手にしたという痕跡はありましたか」

「いえ」

重助は渋い顔で否定したあと、

「宇津木先生は丑松は押込みの一味ではないとお考えですか」

と、きいた。

「『井筒屋』の件でちょっと妙なことに気づいたのです」

新吾は切り出す。

「妙なこと？」

重助の顔つきが変わった。

「『井筒屋』は武家にも得意先が多く、旗本の長尾久兵衛さまのお屋敷にも酒を届けていたそうです。揚がり屋に入っている赤城文太郎は長尾さまの使いで『井筒屋』に行っています。文太郎と丑松はそのころから面識があったのです」

それから、新吾は丑松が『井筒屋』を辞めたのは内儀だったおゆみが養生先の寮で亡くなった半月後だという話をし、さらに三蔵のことに触れた。

「岡っ引きだった三蔵は押込みの探索をしていますから丑松とも顔を合わせていたでしょう」

新吾は三蔵が何か押込みの手掛かりを摑んだのではないかと話し、

「同じ時期に『井筒屋』に縁のある丑松、三蔵、そして赤城文太郎による長尾さまへの刃傷と立て続けに起こっています。これは偶然でしょうか」

と、重助の意見を求めた。

「あっしは丑松が押込みの仲間で、丑松が金に困って仲間から金を脅し取ろうとして逆に殺されたのではないかと睨んだんですが、その形跡はありませんでした。ですが、今の話を聞いていると、丑松は押込み一味ではないが、一味の正体を知っていたということになりますね」

「ええ。丑松は仲間ではないけれど、何らかの手立てで押込みの正体を知ったんじゃないでしょうか」

新吾は自分の想像を述べた。

「どうして気づいたのかはわかりませんが、押込みの正体を知った丑松は賊に近づき、金を強請ろうとしたってことでしょうか」

重助は憶測を言う。

「そのあたりはわかりませんが、押込みの賊に接触したのは間違いないようです」

「丑松が殺されたのは今のお話で説明がついたとしても、三蔵が殺されたわけがわかりませんぜ。それに、三蔵は牢にいたんです。牢にいた三蔵を殺すには自分も牢に入らねばなりません」

「そこが引っ掛かっています」

新吾は正直に答え、

「三蔵が元岡っ引きだと牢名主に告げ口をすれば、牢屋役人が三蔵の命を奪ってくれることが期待出来ます。問題はどうやって牢名主に告げるかです」

「やはり、牢に入らなければ無理です」

「念のために、三蔵が入牢してから殺されるまでの間に無宿牢に入っていた軽微な罪人を洗い出していただけませんか。私が牢屋敷できいても教えてもらえません」

「わかりました。調べてみましょう。しかし、三蔵は遠島になると思われていました。もう江戸には二度と帰れない身であるのに、どうして三蔵の口を封じる必要があったのでしょうか」

「口封じ……」

新吾は三蔵を殺さなければならない理由を考えた。やはり、三蔵は押込みの手掛かりを摑んでいたのだろう。同心の笹本康平にも言わなかったのは、賊と取り引きをしたからかもしれない。

押込みの賊は三蔵が遠島先の島で誰かに押込みの真相を話すかもしれないと恐れ、

口を封じたのか。

「どうも三蔵の件は違うような気がします」

重助が口を開いた。

「わざわざ、牢に入ってまで殺しをするとは思えません。口を封じるなら、もっと早くに殺していたんじゃないでしょうか」

「そうですね」

「いちおう、無宿牢に入った者を調べてみますが」

「お願いします」

重助の言うように、三蔵の死はたまたま同じ時期に起こっただけで、丑松とは事情が違うのかもしれない。

それに、赤城文太郎が長尾久兵衛を斬ったことも、果たして『井筒屋』の押込みと関係があるのか。文太郎から丑松の話が出たから結びつけたが、この件も三蔵と同様に無関係かもしれない。

長尾久兵衛の屋敷が得意先だったとしても、『井筒屋』は他の多くの武家屋敷も客としているのだ。

そう考えると、三件が関連していると思っていたのがそれぞれ別の事件だったのかもしれない。

新吾は振り出しに戻った喪失感を味わったが、ふと三蔵が死んだときに牢内にいた佐平と勘五郎のことを思い出した。

「親分、もうひとつお願いが」

「なんですね」

「三蔵といっしょに牢内にいて、三蔵が死んだあとに牢を出た男が三人いるのです。上州無宿勘五郎、房州無宿佐平、野州無宿嘉助です。勘五郎と佐平から牢内の様子をきこうとしたのですが、何も話してくれません。親分なら話してくれるのではないかと思ったのですが」

「あっしでも答えちゃくれないでしょうが、念のために当たってみましょう。住まいはどこですね」

「勘五郎は本郷菊坂町にある十右衛門店、佐平は芝露月町の金貸しの東蔵のところで取り立てをしているようです。嘉助は江戸所払いということで江戸にいないと思い、会いに行ってません」

「わかりました。三蔵の件は『井筒屋』の押込みとは関わりないと思いますが、それをはっきりさせることも必要ですから。では、そろそろ」

重助は腰を上げた。

そば屋を出たところで重助たちと別れ、新吾は小舟町の家に帰った。患者がまだ待っていたが、新吾が手伝う必要はないようだった。

夕餉のとき、順庵は口をもぐもぐさせながら、さっきからうずうずしている様子が手にとるようにわかった。

松江藩のお抱え医師の件が正式に決まったことを、まだ順庵には報告していなかった。昨日、高見左近と会うことを知っていたので、その話し合いが気になっていたのだろう。

食事が終わったのを見計らって、

「義父上、お伝えしておくことがあります」

と、新吾は切り出した。

順庵ははっとしたように湯吞みを持ったまま顔を向けた。

「なんだ？」

「松江藩のお抱え医師のことですが」

「決まったのか」

「はい」

「そうか。よかった」

順庵はほっとため息をついて、

「決まったも同然と思っていたが、もしや高見さまから新たな条件を出され、新吾がそれを呑めずに話が壊れるんじゃないかと心配しておったのだ」

「仰るように、高見さまから新しい待遇を示されました」

「新しい待遇とな」

順庵は眉根を寄せた。

「はい」

「なんだ？」

「前回は平医師でしたが、今回は番医師でということでした」

「なに、番医師だと。ほんとうか」

順庵が目を見開いた。

「はい」

「もちろん引き受けたのであろうな」

「私には荷が勝ちすぎると思ったのですが、お受けすることにしました」

「番医師か。めでたい」

「しかし、素直に喜んでいいのかわかりません」

「なにばかなことを言っている。名誉なことではないか」

「そうですが」

重臣たちと接することで藩の秘密に触れるような話が耳に入ってくるかもしれない。もう、藩の揉め事に巻き込まれたくないのだ。

「そうそう揉め事があるわけではない」

「そうですね」

「よし、祝いだ。香保、酒だ」

「はい」

香保は新吾と顔を見合わせて立ち上がった。

燗をつけて香保が酒を持ってきた。

「で、いつからだ？」

「来月からです」

「牢屋医師はすんなり辞められるのか」

「はい。本来の牢屋医師がもう戻ってきましたから」

辞めてかえって喜ばれるとまでは言えなかった。

「そうか。これで一安心だ」

順庵はうまそうに酒を呑みながらにやついたのは、また富裕層の患者が増えるとの期待からだろう。

「まだ早いが、いずれ離れを増築して、漠泉どのを迎えよう。なあ、香保」

「いえ、私は……」

香保は曖昧に笑った。

「遠慮するな。そばにいて親孝行してやれ」

「父は三ノ輪の町医者として楽しく過ごしているようですから」

「新吾はどう思う?」

「もちろん来ていただきたいです。でも、かえって気を使われるのではないかと心配なのですが」

「うむ」

順庵は眉根を寄せた。

「まあ、このことはいずれ考えることにして、それより通い患者も増えるから待合部屋を広げんとな」

「まあ、おまえさまはまだお抱え医師にもなっていないのに先走って」

　義母が呆れたように言う。

「それもそうだな」

　順庵は素直に引き下がった。

「これで香保の苦労を少しでも和らげることが出来ると思うとなんとも言えぬ」

　順庵が涙ぐんだので、新吾は驚いた。

「義父上、どうなさったのですか」

「新吾。おまえは家にあまりいないから気がつかないだろうが、香保どのがどんなに内証で苦労していたか、わしは知っているのだ。支払いの催促にも頭を下げて待ってもらったり」

「義父上、そんなことありません」

　香保があわてて口をはさむ。

「いや。隠さんでもいい。質屋通いも知っている」

「義父上、香保のことはわかっています」

　新吾もしんみり言う。苦しい暮らし向きを上向かせる手立てはわかっていた。患者の薬礼を値上げすればいいのだ。いや、値上げではない。世間の医者並みに金をとれば、たちまち回復するはずだった。

「世の中、きれいごとだけではやっていけないのだ」

順庵は絞り出すように言う。

「はい」

新吾は頷く。

「でも、私は新吾さまが目指す医者の姿こそ本物のように思います。そのための支えになれるなら私は……」

「香保、わしを泣かすではない」

順庵は涙声になった。

香保も順庵も、新吾がお抱え医師をやめてから暮らし向きが悪くなっても必死になって支えてきてくれたのだ。

義母もいつもやさしい眼差しで見守ってくれていた。このひとたちのためにも、松江藩で番医師として頑張るしかないのだと、新吾は自分自身に言い聞かせた。

三

翌朝、新吾はいったん牢屋敷に行き、詰所に顔を出してからすぐに出かけた。すでに、牢屋医師として新吾は不要な存在であることは肌でひしひしと感じていた。

来月から出仕することになっている三輪田良斎がすでに詰めていることも、新吾を排除しようとしていることの表れだ。

小伝馬町から両国広小路《ひろこうじ》に入り、両国橋を渡った。雲の多い空だが、ときおり陽射しがあった。

両国橋を行き交うひとは相変わらず多い。牢屋医師として牢屋敷に顔を出すのもあと十日足らずだ。来月から再び松江藩上屋敷に通うことになる。そうなると、自由に動きまわることは出来なくなる。

赤城文太郎と丑松に関わる一連の不可解な事件を調べることが出来るのは今しかなかった。

橋を渡り、回向院の前を通って横網町にやって来た。

『井筒屋』の店先に立ち、深呼吸してから土間に入る。すると、先日の番頭がすぐ近づいてきた。

「これは宇津木先生。また、何か」

「ご主人にお会いしたいのです。お取り次ぎ願えませんか」

新吾は申し入れた。

「はい、少々お待ちを」

番頭自ら奥に行き、待つほどのこともなく、三十過ぎと思える細身の男と共に出て来た。

「主人です」

番頭が引き合わせた。

新吾は前に出て、

「宇津木新吾と申します」

と、挨拶をした。

「何か御用で?」

「先代のご主人と内儀さんのことでお話を伺いたいのですが」

「そうですか。では、こちらに」

井筒屋は新吾を店座敷の隣にある小部屋に通した。

差し向かいになって、新吾は口を開いた。

「私は牢屋医師をやっていますが、揚がり屋に閉じ込められている男から使いを頼まれて丑松さんに会いに行ったら、すでに殺されていました」

「……」

「丑松さんが半年前までこちらにいらっしゃったと聞きました。丑松さんがなぜこちらを辞めたのか。理由を知りたいのです」

「下男のことなので私はあまり関わっていませんが、番頭さんの話では丑松は兄嫁を慕っていたようです。兄嫁が亡くなって、うちで働く気力がなくなったようです」

「前の内儀さんは寮で養生をなさっていたそうですね」

「そうです。寮番夫婦の世話になって過ごしていました。でも、よくなりませんでした」

井筒屋は表情を曇らせた。

「内儀さんは心が弱っていたそうですが」

「ええ、兄の死が大きかったのでしょう」

「ご夫婦は仲がよかったのですか」

「ええ。ほんとうに仲のいいふたりでした。ですから、ふたりが守ってきた『井筒屋』を潰してはならないと思い、私があとを継いだのです」

「井筒屋さんは前は何を？」

「職人です」

「職人？」

「錺《かざり》職人です。ですから商売はまったくのしろうとです。誰かが継がないと、『井筒屋』がなくなってしまいます。それより、大勢の奉公人が路頭に迷います。それで、親戚筋から懇願されました」

「でも、まったく畑違いのことをすることに不安は？」

「商売は番頭さんをはじめ、他の奉公人がやってくれますから」

「でも、職人の腕を捨ててとは……」

「名人と言われる錺職人になることが子どもの頃からの夢でした。父は私をどこかの商家に奉公に出して商人の修業をさせたかったようですが……。父の反対を押し切って錺職人の親方の内弟子になりました。そうやって摑んだ職人の道でしたが、いたしかたありません。これもみんな押込みのせいです。無念でしかありません」

井筒屋は歯嚙みをした。

「お察しします」

新吾はいたわるように言い、

「ところで、押込みに関する手掛かりは何もなかったのですね」

と、きいた。

「ありません」

「前の内儀さんの世話をしていた寮番夫婦に話を聞きたいのですが、寮を訪ねてもよろしいでしょうか」

「それは構いませんが、でも、なぜ？」

井筒屋は不思議そうな顔をした。

「今なら何か、重要な話が聞けるかもしれないと」

「そうですか。寮は橋場の浅茅《あさぢ》ヶ原《はら》のそばにあります」

井筒屋は寮の場所を教えてくれた。


本所横網町から吾妻《あづま》橋を渡り、橋場にある『井筒屋』の寮に出向いた。

寮番夫婦が先代の内儀おゆみの看病をしていたというので、話を聞きに来たのだ。

『井筒屋』の寮は、黒板塀に囲まれたこぢんまりした建物だった。門を入ると、小柄な男が庭の掃除をしていた。

気配に気づいたのか、新吾が声をかける前に男が振り返った。鬢に白いものがみえる。四十代半ばのようだ。

「失礼します。『井筒屋』のご主人から教わって参りました。宇津木新吾と申します。伊助《いすけ》さんでしょうか」

「へえ、伊助です」

男は腰を折った。

「先代の内儀さんのことでお伺いしたいことがありまして」

「……」

伊助は不審そうな顔をした。

「じつは、下男だった丑松さんとちょっとした縁がありまして」

赤城文太郎から丑松のことを聞いただけだが、新吾はあえてそういう言い方をした。

「そうですか。どうぞ」

伊助は中に招じてくれた。

土間に入ると、四十年配の女が出てきた。

「こちらのお方が内儀さんのことで」

伊助が女に話す。

「内儀さんのことで？」

女がきく。妻女のおときだという。

「はい。養生をしていたときの様子などを……」

「どうぞ、お上がりください」

おときは勧めた。

新吾は部屋に上がり、奥に向かった。庭に面した部屋に通された。伊助が障子を開けると、浅茅ヶ原の木立が見えた。雲間から陽光が射し込んでいた。

「突然、お邪魔して申し訳ございません」

向かい合って座ってから、新吾は寮番夫婦に改めて詫びた。ふたりとも温厚そうな顔立ちだった。

「いえ。内儀さんの話が出来るのでしたら、こちらもありがたいです」

伊助は顔を綻ばせた。

「ここで内儀さんは養生をされていました」

おときも微笑《ほほえ》んで言う。

「内儀さんの様子はどんなだったのでしょうか」

新吾はきいた。

「可哀そうに、もう心を失っていたようです」

「心を失う？」

「はい、喜びも悲しみも何もないようでした。表情がありません。日中は縁側でずっと庭を見ているだけで……」

おときが痛ましげに言う。

「何もわからなくなっていたのですね」

「そうです。ただ、この庭は梅や卯《う》の花、藤、萩《はぎ》などが季節ごとに数は少ないのですが咲きます。そういった花を見ているときは笑っているように思えました」

今は萩の花が咲いていた。

「やはり、押込みで幸兵衛さんが殺されたことが？」

「そうでしょう。目の前で旦那さまが殺されたのですから」

「ほんとうに仲むつまじい御夫婦でした。ときたま、こちらにいらっしゃいましたが、それはもう楽しそうで……」

伊助も目を細めて言う。

「幸兵衛さんが死んだあと、すぐにこちらに？」

「はい。静かなところで養生すれば、いつか元気になる。そう思っていました。今の旦那さまと内儀さんも最後まで面倒を見てくださいましたから。もっとも、身代は内儀さんのものでした」

「お子さんはいらっしゃらなかったのですね」

新吾は確かめる。

「はい。だからこそ、ふたりの結びつきが強まったのかもしれません。いずれ、旦那さまは弟さんの子を養子にするつもりでした」

「今の主人の子ですか」

「そうです。弟さんは錺職人だったのを『井筒屋』のために辞めたそうです」

「そうですってね。『井筒屋』の存続のために職人の道を諦めたそうですが、辛い選択だったでしょうね」

「でも、自分の子の将来を考えたら、『井筒屋』を残しておいたほうがいいですから」

伊助は冷めた見方をした。

「『井筒屋』から誰かがやって来ていたのですか」

「最初のうちは……」

伊助が言うと、おときも寂しそうに、

「だんだん来なくなって。無理もありません。せっかく来ても、何もわからないのですから」

「誰も来なくなったのですか」

新吾は眉根を寄せてきく。

「下男の丑松さんだけは感心によくお見えになりました」

「丑松さんは使いで？」

「そうです。『井筒屋』の使いとしてやって来ましたが、それ以外にもお店が終わったあと、夜になってときたま来てくれました」

「丑松さんは内儀さんが何もわからなくてもよく来ていたのですか」

「ええ。部屋に上がるわけではなく、庭から内儀さんのことを見守るように長い間見ていました」

伊助は目を細めて言う。

「なぜ、丑松さんはお見舞いに？」

「内儀さんにはやさしくしてもらったと言ってました。でも」

おときは口元を綻ばせ、

「ほんとうは内儀さんに憧れの気持ちを持っていたのでしょうね」

と、付け加えた。

「そうですか」

やはり、丑松はおゆみに特別な気持ちを抱いていた。自分より年上だろうが、いつも憧れの気持ちを抱いて見ていたのだろう。

「内儀さんが亡くなったとき、丑松さんは駆けつけたのですか」

新吾は確かめる。

「ええ、庭でしゃがみ込んでいつまでも泣いていました」

おときがしんみり言う。

「内儀さんが亡くなって半月後に丑松さんはお店を辞めていきましたね」

「内儀さんがいなくなって心にぽっかり穴が空いてしまったのでしょうね。何もやる気になれなかったのでしょう」

伊助はやりきれないように言う。

「丑松さんが殺されたことをご存じですか」

「はい。信じられません」

伊助とおときの表情が変わった。ふたりとも泣きだしそうだった。

「すみません」

伊助は目尻を拭って、

「内儀さんの見舞いに来る丑松さんがだんだん私たちの息子のように思えてきたんです。残念でなりません」

と、涙ぐんだ。

「内儀さんは押込みの賊のこともまったく覚えていなかったのですか」

「さっきも申し上げましたように、ここにいらっしゃったときはもう何も……」

伊助は首を横に振った。

「お医者には診せたのですか」

「はい。ですが、やはり途中で匙《さじ》を投げてしまいました。いっこうによくなる気配がなかったので」

「医者から見放されたのですか」

ふと幻宗が診ていたらどうだったろうかと考えたが、今さらそのようなことを考えても無駄だ。

その後、寮番夫婦はおゆみがいかに美しく聡明で、なによりやさしいお方だったことを涙ながらに語った。

「丑松さんが憧れを持つ理由がよくわかります」

新吾は丑松に思いを馳せた。

「おそらく、内儀さんがお亡くなりにならなければ、一生涯、下僕として丑松さんは病気の内儀さんの世話をするつもりだったと思います」

「それほど内儀さんのことを」

「ええ。内儀さんにやさしくしてもらった恩義をずっと……」

おときはまた嗚咽《おえつ》を漏らした。

陽が雲に隠れ、辺りが翳《かげ》った。

「いろいろありがとうございました」

新吾は礼を言って腰を上げた。

「ほんとうは丑松さんの亡骸を引き取り、内儀さんのお墓の近くで眠らせてやりたいのですが、私たちにはそんな力がなくて」

おときが残念そうに言う。

「井筒屋さんにお願いするわけにはいかないのですか」

「『井筒屋』を辞めた者にそこまでする必要はないと、旦那さまに言われました。無理もありません。旦那さまは、丑松さんの気持ちを知らないのですから」

「そうですか」

ふたりは門まで見送ってくれた。

「丑松さんが帰るときも、こうしてふたりで見送ったものです」

おときは嗚咽を堪えて言う。

おゆみに丑松と続けて失ったのだ。ふたりの悲しみは深いようだった。

新吾はふたりに見送られて寮をあとにし、大川に沿った道を引き返した。雲の切れ目からときおり陽光が射す。

波打ち際に波が打ち寄せている。新吾は丑松に思いを馳せた。

丑松はおゆみに憧れていたのだ。二年半も見舞いを続けたが、回復することなく、おゆみは息を引き取った。

おゆみの心を壊した押込みの賊を許せないと思っただろう。新吾は立ち止まって大きく深呼吸をした。

復讐だ。丑松は復讐するために『井筒屋』を辞めたのだ。

丑松は半年かけて、ついに押込みの賊を見つけたのではないか。丑松は逃げて行く賊の後ろ姿を見ていたのだ。

しかし、それだけで見つけ出せたとは思えない。それとも、後ろ姿に何か特徴があったのだろうか。

しかし、特徴があるのなら、それを当然話しているはずだ。同心の笹本康平か岡っ引きの三蔵には……。

そのとき、新吾ははっとした。

三蔵は丑松から賊の特徴を聞いていたのではないか。三蔵はその特徴から賊を探り出したとは考えられないか。

押込みが起きたあと、急に金遣いの荒くなった浪人や不良御家人を探っていたという。その中に、丑松の言う特徴の侍を見つけた。

だが、三蔵は同心の笹本康平に告げなかった。三蔵は賊と取り引きをした……。

新吾は吾妻橋の袂までやって来ると、思い立って再び吾妻橋を渡った。

本所から深川にやって来て、自身番で伊根吉の行方をきいた。そして、冬木《ふゆき》町で伊根吉と笹本康平に会うことが出来た。

「笹本さま。ちょっとお話が」

「聞きましょう」

新吾の顔つきで何かを察したのか、笹本康平も真顔になった。

小名木川のそばに移動し、

「丑松が『井筒屋』を辞めたのは内儀のおゆみさんが亡くなったからのようです」

丑松がおゆみに憧れの気持ちを抱いていて、ときおり養生先まで顔を見に行っていたことを話してから、

「丑松は復讐のために自由の身になりたかったのではないでしょうか」

と、新吾は口にした。

「復讐?」

笹本康平が目を剝くように新吾を見た。

「丑松は押込みの正体を探り出したのです」

「でも、どうして丑松は押込みを見つけ出すことが出来たんですかえ」

伊根吉が疑問を呈する。

「はっきりはわかりませんが、丑松は逃げて行く賊の後ろ姿を見ていたそうではありませんか」

「でも、それだけじゃ、決めつけられないんじゃないですか。それに、当時は見つからなかったのに、どうして最近になって見つかったと言うんですかえ」

「そもそも三蔵は押込みの正体を摑んでいたのではないでしょうか」

「三蔵が?」

笹本がきいた。

「はい。三蔵は押込みの探索で金遣いの荒くなった浪人や不良御家人を調べていたそうですね。その中に、丑松さんから聞いた特徴の侍がいたのではないかと」

「しかし、三蔵はわしに何も言わなかった」

「こっそり取り引きしたんじゃないでしょうか」

「……」

笹本康平は厳しい顔になった。

「当時、三蔵の様子はいかがでしたか」

「いや、特に何も感じなかった」

「押込みから金をもらったとしても、不審がられる動きはしなかったはずです。当時、三蔵はどこかから借金していたとか、あるいは女がいたとか……」

「女……」

笹本は顔色を変えた。

その顔を見て、新吾は思い出した。

「そういえば、三蔵は女のことを種に料理屋の主人を強請って岡っ引きをやめさせられたのでしたね」

「そうだ。お目溢《めこぼ》しをし、お縄にしないかわりに手札を取り上げた」

「その女は今、どこに？」

「わからぬ」

「なんという名ですか」

「確か、おぎんと言った。料理屋で働いていた女だ」

「その女を捜し出せませんか」

「旦那、やってみましょう」

「待て」

笹本は顔をしかめ、

「宇津木先生は、三蔵を殺したのは押込みの賊だと考えているようだが、押込みの賊が、なぜ今になって三蔵を殺さねばならなかったと思うのだ？」

「丑松の動きが絡んでいるのかもしれません。丑松は復讐を誓ってから三蔵を捜したのです。そして、三蔵から押込みの正体を知り、付け狙って襲いかかった。そのとき、三蔵から聞いたことを告白したのではないでしょうか」

「しかし、三蔵は牢内だ。殺すのは無理だ」

「こういうことは考えられませんか。わざと事件を起こして牢内に入る。そして、三蔵が元岡っ引きだということを牢屋役人に告げ口する……」

「まさか」

笹本康平は唸った。

「いちおう、丑松殺しを探索してる重助親分に、三蔵が入牢したあとに無宿牢に入った者を調べてもらっています」

「……」

笹本康平は困惑している。

「旦那、宇津木先生の話はうっちゃっておけませんぜ。あっしらも本格的に三年前の押込みから調べ直してみる必要がありそうですぜ」

伊根吉が厳しい顔で訴えた。

「よし、重助と手を組んだほうがよさそうだ」

笹本康平は意を決して言い、

「それからなにより、おぎんだ。おぎんは何か知っているかもしれない」

「さっそく捜してみます」

「お願いいたします」

新吾は笹本康平と伊根吉が動いてくれたことで一歩前進したと思いながら、赤城文太郎のほうがまだ何もわかっていないことに少し焦りを覚えた。

数日のうちにも、文太郎が長尾久兵衛のもとに引き渡されるかもしれないのだ。こうなったら、長尾久兵衛の屋敷に行ってみるしかないと思った。

笹本康平らと別れると、新吾は六軒堀町に向かった。

四

新吾は長尾久兵衛の屋敷の門を入り、脇玄関に向かった。

そこで訪問を告げると、奥から二十五、六歳と思える侍が出てきた。細い目の奥が鈍く光っている。はじめて見る顔だった。赤城文太郎に代わる新たな若党だと思った。

「用人の蒲原さまにお目にかかりたいのですが」

「幻宗先生のところのお医者さまはもうお引き上げになりましたけど、まだ何か」

若党は勘違いしていた。

「いえ、往診ではありません、蒲原さまにお話があるのです」

「少々、お待ちください」

若党は立ち去った。

しばらくして、用人の蒲原が出てきた。四十前後か。いかめしい顔をしている。

「これは宇津木先生、どうかなさいましたか」

「お用人さまと少しお話がしたいのですが」

新吾は申し入れた。

「少しなら構いません。どうぞ」

蒲原は新吾を客間に通した。

差し向かいになってから、

「じつは私は牢屋医師をしておりまして、揚がり屋に入っている赤城文太郎にも会っています」

「なに、あの男に」

蒲原は顔色を変えた。

「赤城文太郎は体の具合を悪くして私が診療をしています」

「体の具合を悪くして？」

「ご存じではありませんか」

「いや、知らぬ」

「そうですか。余命僅かです」

「そんなに悪いのか」

「妙でございます」

「妙だと？」

「はい。赤城文太郎が長尾さまに斬りつけたのは、病気を理由に若党をやめさせようとしたのでかっとなって」

「嘘だ」

蒲原は叫んだ。

「奴は金を盗んだのを殿に見つかったのだ」

「どうして、赤城文太郎は嘘を？」

「金を盗んだことを隠したいのだろう」

「ご用人どのは以前に『井筒屋』を知らないと仰っておいででしたね」

「それがどうかしたのか」

蒲原は顔色を変えた。

「『井筒屋』の番頭さんは長尾さまのお屋敷とは取り引きがあると言ってました」

「それは先代の主人のときのことだ。今の主人になってからはつきあいはない。先代の頃のことは別に言う必要もないからそう答えただけだ」

蒲原は険しい表情で言う。

「お屋敷には『井筒屋』の内儀さんもいらっしゃったことはあるのでしょうか」

「……」

「どうなんでしょうか」

「何度かは来たことはある。集金だ。いつも番頭がいっしょだ」

蒲原は吐き捨ててから、

「いったい、用件は何か。このようなとりとめのない話をしにきたわけではあるまい」

と、いらだったように言う。

「じつは赤城文太郎は長尾さまのもとに引き渡されるということになるようですが？」

「そうなろう。主人を斬った不埒《ふらち》な輩だ。こちらで成敗するのが当然」

「成敗なさるのですね」

「もちろんだ」

「長尾さまはまだ自由がきかないと思いますが、その場合はどなたが？」

「殿の命があればわしが行う」

蒲原は口元を歪めた。

「このまま赤城文太郎が成敗されてしまうと、何か真相があやふやなまま終わってしまうような気がするのです」

「あやふやではない。奴の言うことを聞く必要はない」

「なぜ、赤城文太郎は金を盗もうとしたのでしょうか」

「わからぬ。病に罹っているのだったら、いい薬を手に入れるために金が必要だったのかもしれぬ」

「なるほど」

新吾は頷いてから、

「『井筒屋』の下男で丑松という男をご存じでは?」

と、きいた。

「下男など、知らぬ」

「そうですか。いろいろ失礼なことをおききして申し訳ございませんでした。おかげですっきりいたしました」

新吾はわざと笑みをたたえ、

「思い切ってお訪ねした甲斐《かい》がございました」

と言い、腰を上げた。

「わかってくれたか」

「はい。よくわかりました」

新吾が言うと、蒲原も安心したように、

「いや、わかってくれればよい」

と、鷹揚《おうよう》に答えた。

「殿さまの傷の様子はいかがですか」

「順調に回復している。幻宗どのはたいした医者だ。おそらく、幻宗どのでなければ、殿は……。幻宗どのによしなに」

蒲原は幻宗への感謝を口にした。

「わかりました」

新吾は部屋を出て脇玄関に向かった。

再び、先ほどの若党が現れて、新吾を見送った。

門に向かうと、門番所の並びにある部屋から中間ふうの男が出てきて新吾をじっと見ていた。

辺りは暗くなっていた。

新吾は六軒堀川を渡り、常盤町二丁目に足を向けた。

途中、擦れ違った職人ふうの男から会釈をされた。新吾は挨拶を返したが、幻宗の施療院から引き上げてくる患者だと気づいたのはだいぶあとだった。

施療院に入ると、まだ患者は残っていたが、棚橋三升の受け持ちらしく幻宗はすでに上がっていた。

いつもの場所で、幻宗は庭を見つめながら茶碗酒を呑んでいた。

「失礼します」

声をかけ、新吾はそばに腰を下ろした。

「どうした？　何か言いたいことがあるようだな」

幻宗は見抜いたようにきく。

「どうして、そう思われたのでしょうか」

新吾は驚いてきき返した。

「最初の声の調子でだいたいわかる。相談なら、もっと口調は柔らかい」

「恐れ入りました」

新吾は素直に認めた。

「じつは、先生から戒められていたのに私は医者の領分を逸脱しています」

「それで？」

幻宗は何事もなくきく。

「先生にお許しを得ようと思いまして」

「わかっている」

「えっ？」

「赤城文太郎の件やその他の諸々のことを見過ごしに出来ないのであろう」

「はい」

医者はよけいなことを考えるな。目の前の患者に対するだけだ。そういう幻宗の教えに逆らって、新吾は歩き回っている。当然、その間、医者の仕事は中断だ。

「確かに、医者の私がやるべきことではありませんが、どうしてもこのまま捨てておくことが出来ませんでした」

「新吾」

幻宗は湯呑みを置いて、顔を向けた。

「医者である前に、ひととしてどうあるべきかが大切だ。自分のやっていることが間違っていないと信じるなら、迷うことはない。自分の思うとおりにやることだ。ただし、医者であることを忘れずな」

「お許しいただけるのですか」

「許すもなにもない。わしは医者としての覚悟を言っただけで、それ以前にひととしても動かねばならぬ」

「……」

「わしに気兼ねするな。自分を信じて突き進むことだ」

「はい」

新吾は頭を下げた。

「まだ、何かありそうだな」

幻宗は何もかも見通したように言う。

「はい」

新吾は深呼吸してから、

「来月から松江藩にお世話になることになりました」

と、一気に言った。

「それが、今度は番医師ということで」

「なに、番医師とな」

「はい。破格の待遇に驚いておりますが、思い切って引き受けさせていただきました」

「そうか」

湯呑みの残りを空けて、幻宗はぽつりと言った。

「重臣方と触れ合ううちに藩の秘密を耳にしたりするかもしれませんが、私は医者としての立場を貫き通すつもりです」

「うむ。ところで、今度の誘いは高見左近からであったな」

「はい。そうです」

「宇部《うべ》どのは？」

「いえ、お会いしてません」

前回のお抱え医師の誘いは江戸家老の宇部治兵衛《じへえ》からであった。しかし、今回は宇部治兵衛は出て来ない。

藩主嘉明公の側近中の側近である近習番の高見左近からの要請であった。なぜ、今回は宇部治兵衛が出てこないのか。

「嘉明公の強い思いがあったのかもしれないな」

「先生は何か気になることが？」

「いや。後継者の争いに決着がついたそうだが、ほんとうにそうなのか気になる」

「どういう点でしょうか」

「次期藩主は嘉明公の子に決まったのだな」

「はい。そう聞いています」

「まだ幼年だ。藩主になるまで、あと十年以上先であろう」

「はい」

「で、孝太郎君は？」

「出家なさったそうです」

「出家……」

「孝太郎君は気性が激しく、藩主の器ではないと重臣方も思ったそうです。この先、孝太郎君を還俗させて藩主にと考える者が出てこないかと確かめましたが、その心配はないということでした」

「……」

「先生、何かまだご懸念が？」

「いや、仮にその心配が当たったとしてもまだ先のこと。嘉明公はまだ若い。この先、二十年は藩主であり続けるであろう。しかし、そなたはそこまで松江藩にいるとは思えぬ。ただ……」

幻宗は迷ったのか、次の言葉が出るまで間があった。

「先君の遺言を無視した判断がよかったかどうか気になる」

幻宗は表情を曇らせた。

「どういうことでしょうか」

「孝太郎君が藩主としての器があるかどうか、年少のうちに決めつけられるものか。長じるに従い、成長していくことは十分にあり得る。ことに、出家して仏道の修行を積むことによって大きな人物になるかもしれない。そのとき、孝太郎君と嘉明公の子と比べる者が出てこないとも限らん」

「いずれ、相続に絡んで争いが起きる余地があると？」

「あり得る」

「しかし、またぞろ御家騒動が勃発しても、それは何年も先の話。私がそのことに巻き込まれる恐れはありません」

新吾は最前の幻宗の言葉を思い出して言う。

「いや、問題は……」

幻宗は言いさした。

しばらく待ったが、幻宗の言葉が続かなかった。

「先生、何が問題なのでしょうか」

「考えすぎかもしれぬ。ともかく、番医師は責任も大きかろうが、そなたが飛躍する大きな機会だ」

新吾には、とってつけたような励ましに思えた。幻宗が何を問題にしたのか、そのことが気になってならなかった。

五

ふつか後、新吾は揚がり屋で赤城文太郎と会っていた。

「薬です」

奪うようにして薬を新吾の手からとり、文太郎は口に含んだ。しばらくすると、荒くなっていた呼吸が徐々に穏やかになっていった。

「近頃、三日目になってくると、薬の効き目がなくなってくるようだ」

文太郎は苦しそうに言う。しかし、文太郎を苦しめているのはそれだけではないようだった。

「まだ、老中の沙汰がおりないのだ」

文太郎はいらだって、

「遅い」

と、吐き捨てた。

「あなたは長尾さまをもう一度襲うつもりでしょうが、囚われの身で引き渡されるのに、どうして長尾さまを襲うことが出来ますか」

「……」

「あなたの狙いはわかっています。命が助かった長尾さまに改めて襲いかかろうとするのでしょうが、無理です」

「何もわかっちゃいない」

文太郎は口元を歪め、蔑むように言う。

「どういうことですか」

「長尾久兵衛を殺すのに俺が手を下す必要はないということだ」

「誰か他の者にやらせるというのですか」

「そういうことも考えられるということだ」

新吾はまじまじと文太郎の顔を見つめる。

「どういうことか自分で考えろ」

そう言ったあとで、文太郎は口を閉ざした。

新吾は問いかけを変えた。

「丑松さんが『井筒屋』を辞めた理由に想像がつきました」

「……」

「内儀さんの復讐です。押込みの賊に復讐をしようとして逆に殺されたのです。違いますか」

「俺が知るわけない」

「いや、あなたは知っているはずです。教えてください。何を隠しているのですか。押込みは誰なんですか」

新吾は畳みかける。

「長尾さまを斬ったほんとうの理由はなんなのですか。なぜ、あなたの言うことと長尾さまの用人の蒲原どのの言うことが違うのですか」

文太郎は横を向いて答えようとしない。

「あなたは押込みの正体を知っているのではありませんか」

「……」

文太郎は目を閉じ、何も語ろうとしなかった。

いくらきいても無駄だった。

「また、来ます」

新吾は立ち上がった。

土生玄碩がこっちを見ていた。新吾と目が合うと、ふと笑ったような気がした。新吾は揚がり屋を出た。


詰所に帰ってしばらくすると、同心が詰所にやって来て、

「宇津木先生、門前に重助という岡っ引きが来ています」

「重助親分が」

新吾は立ち上がり、伊吹昭六と谷村六郎に挨拶をして詰所を出た。

門の外に重助が待っていた。

「すみません。ここまで押しかけて」

「いえ」

「佐平と勘五郎に会ってきましたが、やはり何も言おうとしません。ですが、野州無宿嘉助が江戸におりました」

「嘉助が？」

「江戸所払いになっていったん江戸を出たのですが、こっそり舞い戻ってました。女のところにいたのを見つけました。見逃すから牢内の様子を話してくれと言ったら、応じてくれました。宇津木先生もごいっしょのほうがいいと思いましてね」

「わかりました。どこで？」

「昼過ぎに本所の一ツ目弁天で落ち合うことになっています」

「逃げませんか」

「いえ、逃げたら女を捕まえると威しておきましたからだいじょうぶなはずです。それに、かなり肝っ玉の太い男ですから牢屋役人や牢屋同心から何を言われようが意に介さないようです」

「わかりました。伺います」

「それから、佐賀町の伊根吉が訪ねてきて話し合いました。いっしょに探索することになりました」

　重助はそう言い、引き上げた。

　詰所に戻ると、谷村六郎と川島文拓が将棋を指していた。

「伊吹先生は？」

「無宿牢で急に苦しみだした囚人がいるというので出向きました」

谷村六郎は将棋盤に目を落としたまま言う。

思ったより早く伊吹昭六が戻ってきた。

「いかがでしたか」

新吾はきいた。

「うむ？」

伊吹昭六は一瞬ぽかんとしたが、

「病人のことか」

と、きいた。

「はい」

「息が細いが、薬を与えておいたからだいじょうぶだろう」

「どんな薬ですか」

「どんな薬とは、どういう意味できいているのだ？」

伊吹昭六はむっとしたように、

「そなたは蘭方医であろう。我ら漢方医にはそれなりの生薬があるのだ」

「いえ、勉強のために教えていただけたらと」

新吾は下手に出た。

「宇津木先生のような蘭方医は、漢方医のやることなすことがお気に召さないんじゃありませんか」

将棋盤から顔を上げて、谷村六郎が言う。

谷村六郎はこの前、意見してから露骨に反感の態度を見せるようになっていたが、伊吹昭六がいるとさらに過激になった。

「どうも蘭方医というのは自分のことしか考えず、全体のことが見えないのでやりにくいことこの上もないですね」

言い返してもわかってくれる相手ではない。しかし、牢屋医師がこのままでいいはずはない。

「宇津木どの。私の見立てに疑問があるなら、今からそなたが診療してきたらいかがか。わしは構わん」

伊吹昭六は憤然と言う。

「誤解を与えてしまい、申し訳ありませんでした」

新吾は謝るしかなかった。

「ふん。がちがちの石頭では牢屋医師は務まらぬ。辞めることになったのは、宇津木どのにとってよかったと、他人事《ひとごと》ながら思う」

伊吹昭六は厭味《いやみ》を言う。

「谷村どの、ほれ、あんたの番だ」

将棋の相手の川島文拓が声をかけた。

「よし」

谷村六郎は再び将棋盤に向かった。

新吾は川島文拓と目が合うと、目顔《めがお》で礼を言う。さっきの声かけはわざと割って入ってくれたのだ。

それからしばらくして、新吾は詰所を出た。


小伝馬町の牢屋敷から本所に向かった。両国橋を渡り、竪川に向かう。一ノ橋を渡ると一ツ目弁天の鳥居が見えてきた。

まだ誰も来ていなかった。境内《けいだい》に入ってみたが、堂の裏手にひとの気配がした。しかし、あえてそこに踏み込まず、新吾は鳥居の前に立った。

ほどなく重助が手下と共にやって来た。

「嘉助はまだのようですね」

重助が境内を見回して言う。

「堂の裏にひとがいるようですが、重助親分を待ったほうがいいと思い、覗きませんでした」

「堂の裏ですって」

重助がそこに向かいかけたとき、堂の脇から紺の股引きに着物を尻端折《しりばしょ》りにし、菅笠をかぶった草鞋《わらじ》履きの男が近づいてきた。

「嘉助か」

重助が声をかけた。

「へえ、万が一のときにそなえて旅の格好を」

嘉助は笠を外した。のっぺりした顔が現われた。江戸所払いでも、旅の途中に立ち寄ることは許されているのだ。

「こちら宇津木先生だ」

重助が言うと。嘉助はぺこりと頭を下げ、

「牢屋敷で何度かお見かけしました」

「宇津木新吾です」

新吾は挨拶をしてから、

「さっそくですが、嘉助さんが牢内にいるとき、夜中に三人の男が殺されましたね」

と、切り出した。

「はい。恐ろしかったです。真っ暗で何も見えませんが、何人もが動いているのはわかりましたから」

「殺された三人のうちのひとりが三蔵というひとでした。顔に殴られた跡がありました」

「ええ、殴る音は聞こえました。悲鳴が聞こえなかったのは口の中に布を押し込まれたからだと思います」

嘉助がそのときのことを話した。殴られた男は何人もの囚人に手足を押さえつけられ身動き出来ないまま殴られたのだ。最初は三蔵はかなり歯向かったようだ。

「あなたは殺された三蔵が普段は牢内でどんな様子だったか覚えていませんか」

「覚えています。あっしが入牢した数日後に入ってきたんです。ツルもちゃんと用意をしていました。牢に入ってからはいつもひとの陰に隠れ、俯いたままで過ごしていました。ほんとうにおとなしいひとでした」

やはり、自分を知っている者がいるかもしれないと、用心して過ごしてきたのだ。

だが、不幸は突然やって来た。何者かが三蔵が元岡っ引きだということを牢屋役人に告げ口したのだ。

「三蔵のことを牢屋役人に告げ口した囚人がいたと思うのですが？」

「いえ、あっしは気づきませんでした。もっとも年中目を光らせていたわけじゃありませんが」

「告げ口したのは三蔵が入牢したあとに入ってきた囚人だと思われます」

「さあ、入ってきた順番ですから牢内では近くにいましたが、三蔵を知っている様子はなかったと思いますぜ」

「違った……」

新吾は当てが外れて戸惑った。

すると、前々から牢内に入っていた囚人があとから気づいたのか。あるいは、牢屋役人の中に三蔵を知っていた者がいたのだろうか。

「嘉助。もう一度、よく思い出すんだ。だれかが牢屋役人に告げ口したんだ」

重助が口を出す。

「へえ」

嘉助は首をひねった。

「三蔵が殺された日の昼間、牢内で何かありませんでしたか」

新吾はきいた。

「三蔵が殺された日ですか」

「三蔵が元岡っ引きだと知ったとき、牢屋役人はざわついたりしなかったのでしょうか」

「待ってくださいよ」

嘉助の顔つきが変わった。

「そうだ。牢屋役人が少しざわつきました。何があったのだろうと思いましたから」

「何があったんでしょうか」

「さあ」

「それは三蔵が殺された日のことですね」

「そうです」

「ざわつく前に、囚人の誰かが牢屋役人に呼ばれたりはしてなかったでしょうか」

「いえ」

「誰も近づいていません」

「誰もですか」

「ええ、囚人は」

新吾は聞きとがめた。

「囚人は？　囚人は牢屋役人に近づかないけど、他に誰かが近づいたというのですか」

「だんだん思い出してきました。あの日、誰かが熱を出して、医者を呼んだんです。手当てが終わったあとで、その医者が牢名主に耳打ちしていました。そのとき、牢屋役人たちがざわついたんです」

「その医者というのは？」

「谷村って医者ですよ」

「谷村六郎……」

新吾は唖然とした。

「谷村六郎って牢屋医師ですかえ」

重助がきいた。

「そうです。正式に言えば、伊吹昭六という牢屋医師の弟子ですが」

「その谷村六郎が三蔵と因縁があったのですね」

「そうかもしれませんね」

新吾は戸惑った。もし、谷村六郎が告げ口したのなら『井筒屋』の件とは関係ないということになる。たまたま、丑松が殺されたのと日が近かったから関わりがあると思ってしまったが……。

「谷村六郎のことをこっそり調べてみます。伊吹昭六という医師はどこに住んでいるのでしょうか」

「確か通《とおり》油《あぶら》町で医者の看板を出していると聞いたことがあります」

「わかりました」

重助は応じてから、

「嘉助、よく思い出してくれた」

「へい」

「嘉助さんは牢を出るとき、牢屋役人や牢屋同心から何も喋るなと言われなかったのでしょうか」

新吾は確かめた。

「ええ、脅されました。外に出て牢内でのことを面白おかしく話した男が首を斬られて死んだとか、いろいろ脅してきました。でも、そんな闇の殺し屋がいるなんて考えられません。単なる威しだと思っていますから」

「そのとおりだ」

重助は相槌《あいづち》を打った。

「もうよろしいでしょうか」

「ああ、いいぜ」

「親分、あっしが江戸にいることはどうか」

「心配いらねえ。喋ったりしねえ」

「へえ」

嘉助は菅笠をかぶって一ノ橋に向かった。

「まさか、医者だとは」

重助は改めて驚いたように言う。

「私も信じられません。どうか、谷村六郎のことを調べてください」

「さっそく。では」

重助は手下と共に去って行った。

新吾はひとりになって改めて谷村六郎のことを思い出した。

あの日の朝、谷村六郎はやけに深刻な様子だった。作造りでひとが殺されても平然としていたのに、珍しく酒を呑んでいた。

今から考えると、自分が告げ口をしたことで三蔵が死んだので動揺していたのではないか。

しかし、告げ口をすれば牢屋役人は三蔵を殺すだろうと期待していたのに違いない。そうだとしたら、殺しだ。

谷村六郎と三蔵の間に何があったのか。重助の調べを待って、谷村六郎を問い詰めるつもりだった。

ひとの命を奪うような者に病人を治すことが出来るとは思えない。

三蔵の死が押込みの件と関わっていなかったら、丑松が三蔵から押込みの正体を教えてもらったという考えは成り立たないだろう。

いや、もしかしたら、丑松は三蔵とは無関係に独自に押込みの正体を掴んだのかもしれない。丑松は逃げて行く賊の後ろ姿を見ていたのだ。

そうだ。丑松はひとりで復讐に立ち上がったのだ。そう思ったとき、赤城文太郎の顔が脳裏を掠めた。

赤城文太郎は、どうなったかを丑松にきいてくれと言った。どうなったかは、復讐のことを指しているのではないのか。

やはり、赤城文太郎は丑松の復讐に関わっている。そう確信した。だが、なにかすっきりしない。自分は何か重大なことを見過ごしている。そして、何かまだ勘違いしていることがあるのではないか。自信が揺らぎ、新吾は思わず天を仰いでいた。

第四章　葬る真実

一

新吾は一ツ目弁天から両国橋を渡り、小伝馬町の牢屋敷に戻った。陽はだいぶ傾いていた。

詰所に行くと、川島文拓だけだった。

「今、ふたりで無宿牢に行っています」

文拓が言った。

「ふたりで？　また、急病ですか」

「同じ囚人のようですよ」

「同じと言いますと？」

「伊吹先生が診た囚人です。宇津木先生と薬のことで悶着あった患者ですよ。あのあと、また具合が悪くなったそうです」

新吾は立ち上がった。

「どうするんです？」

「お手伝いに」

「止めたほうがいいですよ。宇津木先生が行ったところでどうにもなりません」

「でも」

「伊吹先生や谷村どのから反感を買うだけですよ。それに」

文拓は言いよどんでから、

「伊吹昭六は牢屋同心から信頼が厚いですからね」

「……」

新吾は伊吹昭六にも不信感が強い。囚人だから命の重みはないという思い込みで診療しているのではないかと思われるのだ。

だが、それは牢屋同心も同じようなものかもしれない。

ほんとうに囚人の病気に気を使うなら、牢内の環境を改善しなければならない。陽は射さず、風通しも悪い。大勢が密集して暮らしている。あれでは病気にならないほうがおかしい。

戸が開く音がした。伊吹昭六と谷村六郎が戻ってきたのだ。

「いいですか、黙っていてください」

文拓は新吾に声を掛け、

「どうでしたか」

と、土間に入ってきた伊吹昭六にきいた。

「いけなかった」

伊吹昭六がぽつりと言う。

「亡くなったのですか」

「うむ」

伊吹昭六が頷く。

「ひとり減ったぐらいでは、牢の中の窮屈さはあまり変わりありませんね」

谷村六郎が不謹慎なことを言う。新吾は膝に置いた手を握りしめた。

文拓が新吾に顔を向け、目顔で首を横に振った。

新吾はなんとか怒りを抑えた。

「これは宇津木どの、戻っておられましたか」

伊吹昭六がわざとらしく言う。

「はい。ここに顔を出すのも残り僅かですので」

「そうだの。短いつきあいであった。しかし、宇津木どののようなまっすぐなお方はここには向かない」

伊吹昭六の声を引き取って、谷村六郎が言う。

「宇津木先生のようなお方はどこへ行っても生きづらいんじゃありませんか。もっと頭を柔らかくしないと」

「谷村どの」

新吾は改めて呼びかける。

「いつぞや顔面に殴られた跡があった三蔵という男のことですが、谷村どのは以前からお知り合いでしたか」

「なんでそんなことを」

谷村六郎が顔をしかめた。

「特に理由はありません。いかがですか」

「知り合いでもなんでもない」

「二年ほど前まで、谷村どのはどちらにお住まいでしたか」

「小石川《こいしかわ》です」

「本所には？」

新吾はさらにきいた。

「いったい、なんなんですか」

「谷村どのがどういう経緯で、伊吹先生の弟子になられたのかと思いまして」

「そんなこと、宇津木先生には関わりないことでしょう」

谷村六郎は不快そうに言う。

「失礼しました」

新吾は頭を下げた。

やはり、谷村六郎は岡っ引きだった三蔵と何らかの関わりがあるのではないか。小石川ではなく本所に住んでいたのではないか。そこで、本所を縄張りにしていた三蔵と何かあったのではないかと睨んだ。

告げ口をすれば三蔵は殺されるかもしれないと、谷村六郎が思っていたとしたら殺しだ。谷村六郎は罪に問われねばならない。もっとも、それを明かすことは困難であるし、ましてや牢内のことだから手をつけられない。

しかし、そうだとしたら法の裁きは受けなくても、なんらかの形での処罰は必要ではないか。

そう思ったが、三蔵の死と丑松の件は別物だったことに新吾は未だに落胆を隠せなかった。

部屋の中が暗くなってきた。新吾は挨拶をして立ち上がった。

牢屋敷の門を出た。空は暗くなっていた。ふと、気になって新吾は牢屋敷の裏門にまわってみた。

しばらく立っていたが、ようやくその場から離れようとしたとき、畚を担いだ男たちが出てきた。

病人を運ぶのではない。畚の中は死体だ。病死した囚人の亡骸を小塚原《こづかっぱら》の回向院に運ぶのだろう。

手当てをすれば命を失うことがなかったかどうかはわからない。劣悪な空間の中で病は悪化するだけだ。それより、適切な治療を受けられたのか。

新吾は手を合わせて亡骸を見送った。

畚の一行が町角を曲がり、見えなくなってから、新吾はようやくその場から離れた。

すると、前方の商家の塀沿いの暗がりでひと影が動いた。

近づいてくるに従い、姿がはっきりしてきた。饅頭《まんじゆう》笠に裁っ着け袴の武士は間宮林蔵だ。新吾は立ち止まって、林蔵が近づくのを待った。

「間宮さま。どうしてここに?」

「表門の前でそなたを待っていたら、裏に回ったのでな。それで、様子を見ていたのだ」

林蔵はそう言い、

「今の畚は死体だな」

「病死した囚人です」

「そなたが診たのか」

「いえ」

新吾は悔しそうに言う。

「自分が診れば助けることが出来たのに、と思っているのではないか」

「そんな不遜な考えは持ってません」

「しかし、どこか不満そうだ」

「それは……」

「まあ、いい。ところで来月から松江藩で番医師になるそうではないか」

「どこからそのことを?」

新吾は一歩、林蔵に迫った。

「やはり、松江藩に間宮さまの仲間が潜入しているのですね。いったい、間宮さまは松江藩を何のために調べているのですか」

「……」

「また、なぜ私に近づくのですか。その狙いは何なのですか」

「そなたに近づくのはそなたを心配してのことだ。そなたに、何かを期待しているわけではない」

「何かを摑もうとしていると仰っていませんでしたか」

「今は違う」

「それより心配とは？　何が心配なのですか」

「なんでもない。忘れろ」

林蔵は強く言い、

「わしの憶測で、そなたに妙な思い込みをさせたくない」

「松江藩のお抱え医師になるのは幻宗先生の秘密を知る手掛かりになるかもしれないと仰っておいでしたが」

新吾は林蔵の言葉を思い出してきく。

幻宗が薬草園を持っているにしてもかなり大勢の者が携わっていないと薬草を育てて行くのは難しいと言っていた。そのことから、松江藩が薬草園に関わっているのではないかと、新吾は思った。

そのことを問うと、林蔵は首を横に振った。

「ならば隠すことはない」

「松江藩はケシの花の栽培をしているのでしょうか」

新吾はきいた。

「ケシか」

林蔵は一瞬眉根を寄せてから、

「そんなことより、そなたに伝えておくことがあって待っていた。松江藩で新たに近習医になった花村潤斎《はなむらじゅんさい》には気を抜くな」

「どういうことですか」

「それだけ、頭に入れておくのだ。では」

林蔵は素早く去って行った。

花村潤斎……。高見左近の言葉を思い出す。新たに招聘した近習医は、公儀の奥医師の弟子筋に当たるお方だ。その者と親しくなれば、栄達に何かと有利になろう。左近はそう言ったのだ。

新たに招聘した近習医が花村潤斎であろうか。松江藩に送り込んでいる間者から花村潤斎の名を聞いたのであろう。

やはり、松江藩にはまだ何かがあるのではないか。新吾は憂鬱な思いにかられた。


小舟町の家に帰ると、家の前で伊根吉と重助が待っていた。

「待っていてくださったのですか」

「ええ」

「中へ」

「いえ、すぐ済みますので。おぎんという女に会ってきました」

伊根吉は口を開いた。

「向こうへ行きましょう」

新吾は伊勢町《いせちょう》堀の人気のない堀端に誘った。

そこで立ち止まって、新吾は伊根吉から話を聞いた。

「三年前、おぎんは亀戸天満宮裏の料理屋で働いていたそうです。そこに三蔵がよくやって来ていたと言ってました。おぎんはその料理屋に十両の借金があったそうですが、三蔵が払ってくれたと言うことです。それが、押込みのひと月後です」

「三蔵にそんな金があったのでしょうか」

新吾はまたも三蔵に対する疑惑が生じた。

「笹本の旦那は首を傾げていました。俺に内証であちこちから金を得ていたのかと」

「有り金すべてを出したとは思えませんが」

「ええ、おぎんも三蔵はかなり金を持っていたと言ってました。おぎんがきくと、三蔵は思わぬ金が入ったと言っていたそうです」

「思わぬ金ですか」

「やはり、押込みに絡んでいるのでしょうか」

押込みの正体を摑み、口止め料をとったのではないか。以前から考えていたことが、もう一度脳裏を掠めた。

「おぎんは三蔵とは岡っ引きをやめさせられたあと、縁を切ったそうです。ですから、三蔵が死んだことを知りませんでした」

「宇津木先生」

重助が切り出した。

「谷村六郎はやはり小石川に住んでいました。小石川にある商家の手代をしていたようです。一年前に、女中にちょっかいを出して主人の怒りに触れ、商家をやめさせられたのです。そして、三か月前から伊吹昭六の家に住み込みで働き出したそうです」

「三年前は手代をしていたのですね」

「そうです。で、その商家の番頭に確かめましたが、三蔵という岡っ引きはやって来たことはないと言ってました」

「……」

またもや、新吾は考え込んだ。

谷村六郎と三蔵に面識はないのだ。それなのに、なぜ牢屋役人に告げ口を……。誰かに頼まれたのだ。

やはり、押込みの賊だ。三蔵の口を封じるために、谷村六郎を利用した。谷村六郎は銭をつかまされて三蔵のことを牢屋役人に告げ口したのだ。

こうなれば、谷村六郎からその名を聞き出すしかない。

「あっしが谷村六郎に会ってきます」

伊根吉が言うのを、

「その前に私がきいてみます。もし、答えてくれなかったら、親分にお願いします」

「いいでしょう」

伊根吉と重助と別れ、新吾は家に戻った。

半刻ほど、患者の治療を手伝い、それから順庵とともに夕餉をとった。

「新吾、なにやら忙しそうだな？」

順庵が酒を呑みながらきく。

「牢屋医師として最後のお務めがありますので」

新吾は曖昧に言い、

「それより、新しい医師は見つかりそうですか」

と、きいた。

来月から、医師を雇うことにしたのだ。新吾は番医師として忙しくなり、また順庵も富裕な患者の往診も増えることが予想された。

そのために、しっかりとした腕の医師を雇うことにし、順庵がその選抜をしていた。

また、同時に見習い医師も探している。単に金儲けのために医師を目指す者は受け入れられない。

「いや、なかなかいい医者は見つからない。やはり……」

順庵は言いさした。

新吾は順庵の気持ちがわかった。

「漠泉さまですね」

「うむ。漠泉さまが手伝ってくださると鬼に金棒なのだが」

順庵は表情を曇らせ、

「そのほうが香保も喜ぶだろうと思ったのだが、よく考えてみたら、漠泉どのは表御番医師だったお方だ。シーボルト事件の巻き添えになってその地位を奪われたが、それまでは我らが仰いでいたのだ。そのようなお方にここで働いてもらおうとは……。もし、わしがその立場だったら耐えられないと思う」

「表御番医師だった矜持《きようじ》ですか……」

確かに、主従が逆転したように映るかもしれない。そのことを考えれば、ここで一介の医者として働いてもらうのは漠泉にとって酷なことなのかもしれない。

単に香保の父親を招くということにはならないのだ。

「でも、漠泉さまはそのような……」

新吾は途中で声を止めた。

香保が新たに燗をつけた酒を持ってきた。

「どうしたんですか。なんだか深刻そうなお顔で?」

「いや、別に」

順庵はあわてて言う。

「なかなかいい医者が見つからないと、義父上がこぼしておられたのだ」

新吾は口にした。

「そうだ、来月からますます忙しくなるというのにな」

「そんなに見つからないものなのですか」

香保が不審そうにきく。

「誰でもいいというなら簡単だ。だが、医者としての技量もさることながら金儲けに走らぬ患者のことを第一に考える者という条件をつけると、なかなか難しい」

「もし、見つからなければ父に頼んでみましょうか」

香保は真剣な眼差しで言う。

「いや」

順庵は戸惑いぎみに、

「ほんとうは来てもらえればありがたいが……」

と、呟くように言う。

「何か」

「うむ」

「父に何か問題でも？」

香保が気にした。

「そうではない」

順庵は救いを求めるように新吾の顔を見た。

「義父上は表御番医師だった漠泉さまにここで働いてもらうのは失礼に当たるとお思いになったのだ」

「今、父は一介の町医者です」

「いや、我らと立場が違った」

順庵が言う。

「父はそんなことは気にしないと思いますけど」

「いや、漠泉どのは不本意な形で表御番医師の職を解かれたのだ。内心では悔しい思いをしているはず」

順庵は我が事のように悔しそうに歯噛みした。

そのとき、新吾は高見左近が言っていた花村潤斎のことを思い出した。自分の栄達より、漠泉が表御番医師に復帰出来る方策はないかと考えた。

奥医師の弟子筋に当たるという花村潤斎を通じ、働きかけが出来ないか。漠泉に以前のように表御番医師として活躍してもらいたいのだ。

はじめて漠泉に会ったときのことを覚えている。長崎の遊学から帰ったあと、順庵と共に当時木挽町《こびき》にあった屋敷に会いに行ったのだ。

漠泉は細面の色白で、鼻が高く、唇が薄い。尊大な態度で、見下すような目を新吾に向けていたことを覚えている。

だが、その後、漠泉の人柄に触れるにつれ、尊大だと思っていた態度は自信の表われであり、見下すような目ではなく、新吾の品性を見極めようとしていたのだとわかった。

あとで知ったことだが、新吾が遊学を終えて帰って来た晩には、漠泉の娘香保といっしょにさせるという約束で、漠泉が遊学の労をとってくれのだ。つまり、長崎遊学の掛かりはすべて漠泉が出してくれたのだ。

今、こうして医者として看板を立てることが出来るのも漠泉のおかげだ、漠泉に再び表御番医師になってもらうのだ。新吾は密かに思いを固めていた。

二

翌朝、新吾は牢屋敷の詰所に顔を出した。

部屋には谷村六郎だけだった。新吾が部屋に上がると、横になっていた谷村六郎が体を起こし、あくびをした。

「昨夜、急病人でも?」

新吾はきいた。

「変死者ですよ。昨夜はふたり」

谷村六郎はあくびをかみ殺して言う。

「窒息死ですか」

「そうです。ちゃんと病死と報告しておきました」

「谷村どの」

新吾は口調を改めて、

「なんですか。何か言いたいことがあるんですか」

谷村六郎は歯向かうように強気に出た。

「言いたいことはたくさんあります。でも、そのことは胸に畳みます」

新吾は怒りを抑えて言い、

「お訊ねしたいのは例の三蔵のことです」

「またですか。私は三蔵なんて知りません」

「では、なぜ牢名主に三蔵が岡っ引きだと告げたのですか」

「な、なにを言うのですか」

谷村六郎はうろたえた。

「あなたが三蔵のことを牢名主に伝えているところを見た囚人がいるのです。その者は今は牢を出ています」

「嘘だ。その者が嘘をついている」

「その者が嘘をつく理由はありません。あなたを陥れる必要はないからです。それでも、その者が嘘をついているというのであれば、奉行所でその者と対決してはいかがですか」

「ばかな。そんなことを牢屋同心が許すはずない」

「そうでしょうね。あなたが余計な真似をしたからこんな騒ぎが明るみに出たのだと、牢屋同心からあなたは恨まれるでしょうね」

「牢屋同心はそんな騒ぎにはしないということです」

「いえ、そうもいきませんよ。じつは三蔵は三年前の押込みに関係しているのです。奉行所はそのことで三蔵から事情を聞こうとしていた矢先でした」

新吾はわざと脅すように言った。

「いずれ奉行所の同心があなたに事情をききにくるでしょう」

「私は三蔵なんて知らないんだ」

「三蔵は押込みの正体を知っていたようなのです。ですから、押込み一味が口封じのために三蔵を殺したと見ています」

「……」

「このままでは、あなたも押込み一味と思われますよ」

「ばかな」

「私はあなたが押込みの仲間だとは思っていません。おそらく、三蔵が牢も入ったことに気づいた押込み一味があなたを利用したのではないかと思っています」

「……」

「谷村どの。あなたは誰かから頼まれたのではありませんか」

新吾が迫ると、谷村六郎の顔は強張った。

「いいのですか。このままではあなたは押込みの仲間と疑われますよ。へたをすれば、牢に入れられることに」

「冗談じゃない。私は三蔵という男とは関わりがない」

谷村六郎は叫ぶ。

「それをどうやって明かすのですか。あなたが、牢名主に三蔵のことを訴えたことはわかっているのです」

「……」

「谷村どの。あなたに頼んだのは誰ですか。その男こそ、押込み一味ですよ」

「違う。押込み一味ではない」

「なぜ、そう言えるのですか」

「そうだからそうだと言っているのだ」

谷村六郎は捨て鉢ぎみに言う。

「わかりました」

新吾はため息をつき、

「あとで、南町の定町廻り同心の笹本康平さまから手札をもらっている伊根吉親分があなたにお話をききに行くと思います。もし、弁明するなら、あなたから伊根吉親分を訪れたほうがいいかもしれません」

と言って、新吾は立ち上がった。

「どこへ?」

谷村六郎が不安そうにきいた。

「伊根吉親分に報告です。私がきき出せなかったら、伊根吉親分に代わることになっているのです」

そう言い、新吾は土間に下りた。

「待ってくれ」

谷村六郎が切羽詰《せっぱつ》まったような声を出した。

「何か」

新吾は目が虚ろになっている谷村六郎を見た。

「赤城文太郎だ」

いきなり、谷村六郎が口にした。

「えっ?」

谷村六郎が何を言っているのかわからなかった。

「赤城文太郎がどうかしたのですか」

「私に頼んだ男だ」

「……」

耳を疑った。

「三蔵は元岡っ引きだと牢名主に言うように、赤城文太郎から頼まれたんだ」

「それはほんとうですか」

「そうだ。あの男が揚がり屋に入った三日後、私は呼ばれた。腹痛を起こしたということだったが、そうではなかった。三蔵という男は元岡っ引きだと、無宿牢に入ったとき、牢名主に伝えてくれと」

「理由はきいたのですか」

「教えてくれなかった」

「なぜ、引き受けたのですか」

「それは……」

「ひょっとしてお金？」

「一分もらった」

「告げ口したら、どうなるかわかっていたのですか」

「……」

「わかっていたのですか」

「でも、まさか、ほんとうになるとは……」

「だから、朝になって亡骸を見て衝撃を受けたのですね」

「たいへんなことをしてしまったと思った。だが、それもだんだんその気持ちも薄らいできた」

谷村六郎は俯いた。

「よく仰ってくださいました」

「私はどうなるのだ？」

「あなたが正直に話していただけたら伊根吉親分もわかっていただけるはずです。あなたが罪に問われることはないと思いますが、医者として命の尊さを考えてください。囚人だろうが悪人だろうが……」

谷村六郎は俯いていた。

新吾はそのまま外に出た。

そのまま揚がり屋に向かった。

赤城文太郎は三蔵とつながりがあったのだ。丑松との関係を考えれば、もはや押込みに文太郎が関わっていることは疑いようはない。

同心の増野誠一郎に頼んで揚がり屋に入れてもらった。

文太郎は正座をして、新吾が近づくのをじっと見つめていた。

「何かありましたか」

新吾は声をかけた。

「やっと老中の沙汰がおりたようだ。明日にでも、長尾久兵衛の屋敷に連れて行かれることになりそうだ」

「そうですか。狙いどおりですね」

「そうだ」

文太郎は否定しなかった。

「でも、長尾さまに襲いかかるのは無理ですよ。他の誰かにやらせるというようなことを仰っていましたが、あなたにお仲間がいるのですか」

「仲間などおらぬ」

文太郎は微かに笑みを浮かべた。

「何をお考えですか」

「何も」

「そうですか。あなたにお訊ねしたいことがあります」

「なんだ?」

「先日、牢内で殺された三蔵という男のことです。三蔵が岡っ引きだったことを牢名主に訴えた者がいるのです」

「三蔵など知らぬ」

「とぼけるおつもりですか」

「とぼけるもなにもない。知らぬから知らぬと言っているのだ」

「では、谷村六郎どのに三蔵のことで何か頼みましたね」

「……」

「谷村どのが打ち明けてくれました。あなたから頼まれて、牢名主に三蔵のことを話したと。どうなんですか」

「知らぬ」

「お話ししていただけませんか」

「話すことなどない」

文太郎は厳しい顔で言う。

「私は谷村六郎どのが正直に話してくれたと思っています」

「どう思おうが勝手だ」

「そうですか。では、私は勝手に解釈します。あなたと丑松、三蔵は三年前の『井筒屋』の押込みに何らかの形で関わっています。あなたが押込みに関わっているとしたら、長尾久兵衛さまに斬り付けたこともそのことと無関係ではありません」

「……」

「丑松は『井筒屋』の内儀おゆみの仇を討とうとして逆に押込み一味に殺されたのです。しかし、あなたは押込みにどのように関わっていたのかがわかりません。あなたはなぜ三蔵を殺そうとしたのですか」

「余計なことを考えず、医者なら治療のことだけを考えていればいい」

「それが出来ない性分なのです」

新吾は言ってから、

「単純に考えれば、あなたが押込みの一味ならある程度の説明がつくのです。三蔵を殺そうとしたのも秘密を知っているからであり、そして主人の長尾さまに斬りかかったのも同じ理由かもしれません。つまり、長尾さまに押込みの件を知られたということです。そして、丑松の始末は仲間に任せてあり、丑松の始末がうまくいったかどうか、私に探らせるために丑松に会いに行かせた」

新吾はそこまで一気に言ってから、

「しかし、そうだとすると、妙なことがあるのです。長尾さまの用人の蒲原どのは、あなたが五十両を盗もうとしたのを長尾さまに見つかったからと仰っています。なぜ、押込みの件を問い詰めたら、あなたが斬りかかってきたと言わないのでしょうか」

「……」

「私はやはり何か大きな間違いをしているとしか思えません。なぜ、押込みから三年後だったのに事態が動いたのか。やはり、丑松が動かしたとしか思えません」

新吾は頭を巡らしながら続ける。

「きっかけはおゆみの死です。その死をきっかけに、丑松は復讐を誓ったのです。それから半年近く経って、立て続けに関わりある者たちが襲われた。この半年間で、丑松は押込みの正体を摑んだのです」

「長尾久兵衛があのまま死んでくれたら丑松は死なずに済んだのだ。長尾久兵衛を助けたために死ななくていい命が奪われたのだ」

赤城文太郎の顔つきが変わっていた。

「どういうことですか。丑松も長尾久兵衛を狙っていたというのですか」

「……」

文太郎は口を閉ざした。

「でも、長尾久兵衛さまが押込みに関わるはずが……」

そのとき、新吾はあっと声を上げた。

「そうか、そうだったのか。丑松さんの狙いは押込みの賊ではなく、あくまでも長尾久兵衛さまだったのですね」

文太郎は顔をそむけている。

「つまり、『井筒屋』に押し入った賊の狙いは主人の幸兵衛を殺すためだった。そして、その賊は長尾久兵衛さまに命じられた者。あなたが長尾さまを斬ったのは丑松さんに同情したからでは？」

文太郎は口を真一文字に固く結んでいる。

「なぜ、黙っているのですか」

「勝手な憶測についていけないだけだ」

文太郎はやっと口を開いた。

「明日、長尾さまの屋敷に引き渡されたら何をするつもりなのですか」

「何が起こるか、お楽しみだ」

文太郎は微かに笑った。

長尾久兵衛の屋敷に引き渡されても、囚われの身の文太郎は自由に動くことは出来ず、再度長尾久兵衛を襲うことなど出来ない。そのことを、文太郎自身もわかっている。それなのに、なぜ文太郎は長尾久兵衛の屋敷に引き渡されることを望んでいるのか。文太郎は仲間などいないと言っていた。それで、いったい何が出来るというのか。文太郎と対峙《たいじ》していても埒があかない。新吾は揚がり屋を出た。土生玄碩がじっとこっちを見ていたことに気づいた。

三

牢屋敷を出た新吾は両国橋を渡り、本所横網町の『井筒屋』にやって来た。

店にいた番頭に声をかけた。

「すみません。たびたび」

新吾は詫びてから、

「押込みの件ですが、賊と出くわしたのはご主人と内儀さんだけでしたね。あとは丑松さんが賊のひとりの後ろ姿を見ていたのですね」

「そうです」

番頭は頷いた。

「丑松さんが自身番に訴えたのですね」

「そうです。ほどなく三蔵親分が駆けつけました」

「押込みだと言ったのは誰が？」

「三蔵親分です」

「三蔵親分が押込みだと？」

「そうです」

「皆、押込みに入られたと思っていたのですね」

「そうです」

「長尾久兵衛さまのお屋敷にもお酒を届けていたのですね」

「ええ」

「長尾久兵衛さまはどのようなお方なのでしょうか」

「どのようなお方とおっしゃいますと？」

「清廉潔白なお方か、それとももっと……」

　新吾は言い方に迷った。すると、番頭のほうが先に言った。

「長尾さまは女のお方が好きのようでした」

「では、内儀さんは美人だったので目をつけられたのでは？」

「はい。集金にはいつも内儀さんを指名していました。内儀さんが長尾さまのお屋敷に行くときは私もいっしょにいきましたが、内儀さんをいつもいやらしい目で見ていました」

「内儀さんだけで行ったことはありますか」

「いえ」

番頭は首を横に振ったが、

「ただ、一度、いっしょに行きましたが、私だけ一足先に帰ってきたことがありました」

「内儀さんだけお屋敷に残ったのですか」

「ええ、長尾さまに急に客が来て待たされたのです。それで、私が先に帰ることに」

「あとで帰ってきた内儀さんの様子に何か変わったことはありませんでしたか」

「変わったこと？」

番頭は不安そうにきいた、

「元気がなかったとか」

「確かに、沈んでいました。お金をもらえなかったと言ってました」

「それはいつごろのことですか」

「そうですね」

「押込みがあった日に近い頃では？」

「そうでした。十日ぐらい前でした」

番頭は思い出したように言った。

「幸兵衛さんが長尾さまの屋敷に行ったことは？」

「そういえば、押込みのあったふつかぐらい前に長尾さまのところに出かけて行ったことがあります」

「帰ってきたときの様子はいかがでしたか」

「厳しい顔つきだったのを覚えています。不審に思ったので何かあったのかきいてみようと思っていたときに押込みがあったのです」

「そうですか」

新吾はしんみり言った。

「まさか、内儀さんは……」

番頭は何かに気づいたように目を剝いた。

ちょうど、客がやって来たので、新吾は礼を言い、店を出た。

それから、自身番に行った。

月番《かちばん》の家主に、新吾は声をかけた。

「私は笹本さまに懇意にしていただいている医師の宇津木新吾と申します。三年前、そこの『井筒屋』さんに押込みが入りました。そのときのことをご存じのお方はいらっしゃるでしょうか」

奥にいた店番の男が顔を向けた。三十歳ぐらいの男だ。

「そのとき、私はここにいました」

「そうですか。あのとき、『井筒屋』の丑松という下男が自身番に駆けつけてきたのですね」

「そうです。血相を変えて飛びこんで来ました」

「そのとき、丑松さんは何て訴えてきたのですか」

「賊が押し入って旦那さまを斬ったとわめいていたのですね」

「そのあと、三蔵親分に知らせに行ったのですね」

「いえ、近くにたまたま三蔵親分がいたのです」

「いた？　どうしてですか」

「たまたまこの近くに他の件で来ていたと言ってました」

「そうですか」

「先日も、笹本さまが『井筒屋』の件できさにきましたが、何かあったのでしょうか。三蔵さんが亡くなった件ですか」

「それもあります」

そう言い、新吾は礼を言い、自身番を出た。

新吾は大きく深呼吸をした、『井筒屋』に押し入った賊は主人の幸兵衛を殺すために侵入したのだ。三蔵はそれを押込みの仕業にする役割だったのだ。

新吾はあることをはっきりさせるために、橋場に向かった。


半刻後、新吾は『井筒屋』の寮の庭に面した部屋にいた。おゆみが養生をしていた部屋だ。

向かいに亭主の伊助が腰を下ろした。

「確かめたいことがありまして」

「はい。なんでしょうか」

「内儀さんが心を失った理由などですが、幸兵衛さんが目の前で殺されたことがきっかけなのでしょうか」

新吾は伊助の顔を見つめる。

「ええ。そうですが、それが何か」

「調べて行くうちに、三年前の押込みに疑問が出てきました」

「疑問ですか」

伊助は不審そうにきく。

「はい。どうやら、押し入った賊は金を奪うことが狙いではなく、幸兵衛さんを殺すことが目的だったように思えるのです」

「……」

「賊には幸兵衛さんを殺さねばならない理由があったのです。それが内儀さんの件です。内儀さんが心を失うようになった何かがあったのです。お世話をしているとき、そのことに気づくようなことはありませんでしたか」

「いえ」

伊助は消え入りそうな声で答える。

「ここに来る前に、『井筒屋』に寄って番頭さんから話を聞いてきました。賊は幸兵衛さんを斬ってすぐに逃げていったのです。丑松さんは幸兵衛さんが斬られたのを知ってすぐに自身番に駆けつけました。自身番の店番がすぐに奉行所に駆けつけようとしたところ、近くに三蔵親分がいたそうです」

「……」

「『井筒屋』に駆けつけた三蔵親分は現場を隈なく調べて、あとから駆けつけた奉行所の者に押込みだと告げたのです。そのことから、『井筒屋』に押込みが入って幸兵衛さんを殺して金を奪って逃げたということになってしまったのです」

新吾は間を置き、

「あれは押込みではなく、幸兵衛さんを殺すことが狙いだったのです。幸兵衛さんは内儀さんのことであるお方に激しい抗議をしに行ったのではないでしょうか。幸兵衛さんはそのお方の上役に訴えるとでも言ったのかもしれません。そのことを阻止するために、そのお方は押込みに見せ掛けて幸兵衛さんを殺したのです」

伊助は目を見張っている。

「幸兵衛さんが殺される十日ほど前、内儀さんはそのお方から凌辱《りょうじょく》を受けたのではないでしょうか。それから内儀さんの様子がおかしくなった。幸兵衛さんは何があったのかを察し、そのお方のところに駆け込んだのです」

新吾は膝を進め、

「伊助さん。何かそのようなことを匂わせるものが内儀さんにあったのではありませんか。いかがでしょうか」

「それは……」

「そのお方とは旗本の長尾久兵衛さまです。長尾さまは屋敷まで集金にやって来た内儀さんを手込めにしたのです。あなたはそのことに気づいていらっしゃったんじゃありませんか」

「どうしてそう思われるのですか」

「丑松さんが内儀さんが亡くなって半月後にお店を辞めて行っているからです。復讐のためです。なぜ、二年半経って、復讐に向かったのか。内儀さんが死んだからではありません。内儀さんが心の病に罹ったわけを知ったからです。伊助さん。内儀さんに何があったのかを丑松さんに話したのではありませんか」

「……」

伊助は俯いている。

突然、襖が開いて、おときが入ってきた。

「おまえさん。もう何もかも話しましょう」

伊助がおときに顔を向けた。

「私たちだけじゃ無理ですよ」

「そうだな」

伊助は力なく頷いた。

「私たちだけじゃ無理とはどういうことですか」

新吾は聞きとがめた。

伊助の横に、おときは腰を下ろした。

「お話をします」

おときは切り出した。

「内儀さんがここに来てからひと月後のことでございます。長尾久兵衛さまからお見舞いの品が届いたのです。内儀さんに品物を見せましたが、何の反応もありませんでした。ところが、長尾久兵衛さまからだと言ったとたんに内儀さんは恐怖に引きつった顔をして体が痙攣を起こしたようになったのです。お医者さまに診ていただいたところ、以前受けたことのある恐怖を蘇らせたのではないかと」

「長尾さまが内儀さんにご執心だというのは旦那さまから聞いていました。でも、まさか、あのような振る舞いをしようとは……」

伊助が怒りに声を震わせ、

「葬儀のとき、番頭さんから旦那さまが殺されるふつか前に長尾さまのお屋敷を訪ねていたと聞いていたのです。そのことを思い出して、何があったのか想像がつきました。でも、証があることではないので」

「その疑惑を丑松さんに話したのですね」

「内儀さんがお亡くなりになった夜、ここに駆けつけた丑松さんが庭で泣きじゃくっていたので部屋に上げて亡骸と対面させました。そこで、話しました」

「そのとき、丑松さんに話せば、必ず恨みを晴らそうとするという考えはなかったのですか」

新吾の問いにふたりは首を横に振った。

「ありませんでした。でも、丑松さんは絶対に内儀さんの仇をとると」

伊助はやりきれなさそうに答えた。

「じゃあ、それから丑松さんは長尾久兵衛さまを付け狙うようになったのでしょうか」

「はい。ただ、実際に斬ったのは久兵衛に頼まれた侍だからと、その侍を探していました。そして、ついに旦那さまを殺した賊を見つけたと言ってきました」

「誰ですか」

「長尾家の若党の赤城文太郎です」

「赤城文太郎が？」

「そうです。長尾家を見張っていて、屋敷から出てきた侍の後ろ姿が怒り肩で、賊の姿に重なったそうです」

「賊も怒り肩だったのですね。そのことは当然、三蔵親分にも話していたはずですね」

「話したと言ってました」

三蔵はただ聞き流したのだ。

「それで、丑松さんは長尾久兵衛さまと赤城文太郎のふたりに復讐をしようとしたのですね」

「そうです。まず赤城文太郎を殺し、それから長尾久兵衛だと。それでずっと付け狙っていて、ついに襲撃する機会を摑んだそうです」

伊助は続ける。

「ある日、屋敷を出た赤城文太郎はひとりで富岡八幡宮《とみおかはちまんぐう》の近くにある薬屋に行ったそうです。その帰り、背後から追い抜きざまに匕首を突きたてるつもりであとをつけていたら、赤城文太郎が急に道端に行ってうずくまったそうです。驚いて声をかけると、腹を押さえて呻いていた。殺すことも忘れ、文太郎の痛みが引くのを待ったそうです。苦しんでいる相手に刃を向けることは出来なかったのです」

おときも悲しげな目で伊助の話を聞いている。

「それから数日後、また屋敷から出てきた赤城文太郎のあとをつけると、霊巌寺《れいがんじ》の境内に入った。丑松さんも門をくぐると、赤城文太郎が待っていたそうです。以前からずっとあとをつけてくることに気づいていたそうです。そこで、丑松はすべてを話し、改めて襲いかかった。でも、あっさりと匕首を奪われてしまったということです」

伊助は深呼吸をし、

「ですが、内儀さんの話をすると、赤城文太郎は驚いていたそうです。長尾久兵衛が内儀さんを手込めにしたことも、そのために心を病むようになったことも知らなかったそうです。『井筒屋』の旦那が弱みを握って脅していると長尾久兵衛から言われ、押込みに見せ掛けて殺せと命じられたのだと打ち明けたと言ってました。内儀さんの仇でもあろうが、自分にとっても騙して殺しをさせた憎き相手だ。自分が長尾久兵衛を斬るので、丑松さんはお縄になるような真似はしないほういいと言ってくれたそうです」

「そのことを丑松さんは知らせに来たのですか」

「そうです」

伊助が答えると、すぐおときが引き取った。

「私はそれを聞いて安心しました。内儀さんの仇をとってやりたいけど、そのために丑松さんが死罪か遠島になっては内儀さんだって喜ばないはずです」

「しかし、丑松は殺されて発見されました」

「はい。また丑松さんがやって来て、赤城さまが長尾久兵衛を斬ってくれたと言いました。それから何日か経ったあとに丑松さんの死体が見つかったと聞きました」

「誰に殺されたのだと思いましたか」

「長尾久兵衛さまが瀕死の重傷を負うも一命を取り留めたことを知って、今度は丑松さんが長尾さまの屋敷に忍び込んだのかと。でも、見つかって斬られてしまったのでは」

「そのことは奉行所には？」

「いえ。証がありません。想像だけなので」

伊助は悔しそうに言った。

新吾は赤城文太郎から頼まれたことを思い出す。丑松にどうなったかをきいてくれと言われたのだ。長尾久兵衛が一命を取り留めたので、丑松が改めて襲うかもしれないと思ったのだろうか。いや、どうなったという問いかけは、襲うかどうかということかもしれない。

赤城文太郎と丑松は、もし文太郎がし損じたら丑松が屋敷に忍び込んで長尾久兵衛を暗殺するという話になっていたのかもしれない。

だから、文太郎は丑松の様子を気にしたのだ。つまり、暗殺をするのかどうかを確かめたかったのだろう。

ようやく全体像がつかめた気がした。

丑松は長尾久兵衛を暗殺するために屋敷に忍び込んだのだ。長尾久兵衛は床に伏しているのだから殺すのはたやすいと考えたのだろう。

だが、丑松は奉公人に見つかったのだ。そして、斬られた。斬ったのは用人の蒲原か。そして、蒲原は死体を畚に入れて中間に亀戸の雑木林の中まで捨てに行かせたのだ。

赤城文太郎は丑松が蒲原に殺されたと思っているのだろう。

新吾は礼を言い、寮を引き上げた。

それから一刻（二時間）後、新吾は長尾久兵衛の屋敷の客間にいた。外はすっかり暗くなり、夜風はひんやりしていた。

用人の蒲原と差し向かいになって、

「明日、赤城文太郎がご当家に引き渡されるそうですね」

と、さっそく新吾は切り出した。

「さよう、殿も少しだけなら体を起こし、赤城文太郎の取調べが出来るようになった」

蒲原は難しい顔で言う。

「どのような成敗になるのでしょうか」

「殿がどのようにお考えかは知らぬでな」

「ご用人さまに相談はないのでございますか」

「ない」

「そうでございますか」

新吾は言ってから、

「で、成敗は何にたいしてのものになるのでしょうか」

「何に？」

「はい。赤城文太郎が長尾さまに斬り付けたのは紛れもない事実のようですが、その背景にあるものが何かと思いまして」

「背景？　奴は金を盗もうとして殿に見つかったのだ」

「そのことがどうも違うようなんです」

「どういうことだ？」

蒲原はむきになった。

「その前に、ちょっとお訊ねしたいのですが」

と、新吾は話を変えた。

「何か」

「『井筒屋』の内儀だったおゆみさんのことです」

「……」

「長尾さまはおゆみさんをどう見ていたのでしょうか」

「どう見ていたとは？」

蒲原は眉根を寄せた。

「おゆみさんは美しいお方だったそうですね」

「幻宗どののお弟子さんということで会っているが、そのような話をする謂われはない。そんな話ならお引き取りいただこうか」

「申し訳ありません。じつは、『井筒屋』の番頭さんは、いつも集金には長尾さまの希望で内儀さんがやって来ていたということですが、それはほんとうでしょうか」

「内儀がやって来たのはほんとうだ」

「そうですか。それからもうひとつ。当時、岡っ引きだった三蔵はこちらに出入りをしていたのでしょうか」

「三蔵なんか知らぬ」

「三蔵は性悪な岡っ引きでした。何か、こちらさまのどなたかが三蔵に目をつけられたことはありませんか」

「そのようなことはない。なぜ、そのようなことをきくのだ？」

蒲原はいらだったようにきく。

「三年前の『井筒屋』の押込み事件ですが、どうやら真相は主人の幸兵衛の命を狙ったもので、押込みではないことがわかりました」

「……」

「押込みに仕立てたのは三蔵だったのです。なぜ、三蔵がそのような真似をしたのか」

「当方には関係ない」

「ところが」

新吾はわざと十分に間をとり、

「『井筒屋』に賊が侵入した夜、下男の丑松が逃げて行く賊の後ろ姿を見ていました。怒り肩だったそうです。その丑松は最近になって、三年前の賊を見つけ出したそうです」

「そんな話をしにきたのか。『井筒屋』のことを聞いても仕方ない」

「丑松さんはなぜ最近になって賊を捜していたのか。じつは、亡くなった内儀さんの仇を討とうとしていたそうです。『井筒屋』の内儀さんはあるお方に手込めにされて心が病んでしまったそうです」

「そんな話、聞きたくない」

「なぜ、ですか」

「関係ないからだ」

「あるお方とは長尾さまなんです」

「いい加減なことを」

蒲原は眦《まなじり》をつり上げた。

「いい加減な話ではない証に、『井筒屋』に侵入した賊は赤城文太郎だったということがわかりました」

「ばかな」

「いえ、赤城文太郎は丑松さんにすべて打ち明けたそうです。そして、長尾さまに命じられて幸兵衛さんを斬ったことを悔やんでおられたそうです。そして、丑松さんに代わって赤城文太郎が内儀さんの仇を討つために長尾さまに斬りかかったのです」

「話にならぬ。引き上げていただこう」

「お待ちください。明日、赤城文太郎がここに連れてこられるのですね。赤城文太郎もそれを望んでいました。何か企みを持っているようです」

「企みだと？　おそらく、改めて殿に刃を向けようと言うのだろう。しかし、無駄なことだ。とらわれの身で何が出来ようか」

「しかし、赤城文太郎は丑松さんがここに忍び込んで殺されたことを知っていますよ」

「……」

「じつは、お願いがあるのです」

新吾は口調を変えた。

「明日の赤城文太郎と対決する場に私も同席させていただくわけにはいきませんか。明日、何かが起きるような気がしてならないのです」

赤城文太郎が何を企んでいるのか、新吾はそれを確かめたいのだ。

「冗談ではない。長尾家の問題だ。よそ者には関係ない」

「当然ですね、失礼しました」

新吾は素直に引き下がった。

「もうよいか」

蒲原はもう立ち上がっていた。

新吾は頭を下げてから腰を上げた。

四

新吾は長尾の屋敷から幻宗の施療院にまわった。

すでに、今日の診療は終わっていた。

「こんなに遅くに珍しいですね」

出迎えたおしんが目を丸くした。

「幻宗先生はもうお部屋ですか」

「そうです」

幻宗は夜は自分の部屋に閉じこもって書物を読む。その邪魔をしてしまうことに気が差したが、新吾は幻宗の部屋に行った。

「先生、新吾です」

新吾は襖の前で声をかけた。

「入れ」

中から声がして、新吾は襖を開けた。

幻宗は文机に向かっていたが、新吾が部屋の真ん中に腰を下ろすと、すぐに立ち上がって向かいに座った。

「夜分に申し訳ございません」

新吾は詫びてから、

「先生、じつは先生に逆らい、赤城文太郎のことや『井筒屋』のことを調べてきました」

「そうであろう。そなたならそうすると思っていた」

幻宗は見抜いていたように言う。

「恐れ入ります」

「何かわかったのか」

幻宗は鋭い目つきできく。

「はい。全容はほとんどわかりました。ただ、証があるわけではありません」

発端は長尾久兵衛が『井筒屋』の内儀を手込めにしたことで、その内儀が半年前に亡くなったことで下男の丑松が復讐に立ち上がり、事態が動いたのだと説明した。

そして、牢内で三蔵が殺された件は、牢屋医師の谷村六郎が赤城文太郎に頼まれて牢名主に告げ口をしたことを話した。

黙って聞いていた幻宗は、新吾の話が終わると、

「それで、わしに何を？」

と、きいた。

「明日、赤城文太郎の望みどおり、長尾久兵衛さまに引き渡されることになったそうです。文太郎にはある企みがあったのです」

新吾は気負い込んで、

「もう一度、長尾さまを襲うつもりなのです」

と、訴えるように言う。

「襲う？」

「はい。しかし、赤城文太郎はとらわれの身。長尾さまを襲うことなど出来ません。そのことについて、文太郎は誰かにやらせるようなことを言っていました。しかし、

文太郎に仲間がいる様子はありません」

新吾は膝を進め、

「ふつうに考えれば、赤城文太郎は長尾さまの屋敷でお手打ちになるのでしょう。しかし、何か別の事態が起こるのではないかと」

と、訴える。

「私は傍観するしかないのでしょうか」

「何が出来るというのか」

幻宗は問いかける。

「武家奉公人の生殺与奪は主人が握っているのだ。赤城文太郎が長尾さまに引き渡されるのは当然のこと。そこで何が起きようが、そこは長尾家の問題だ」

「しかし、その長尾久兵衛さまは『井筒屋』の内儀を凌辱し、主人の幸兵衛を殺しているのです」

「証はないのではないか」

「はい。赤城文太郎が告白しない限り、すべては闇の中ということになります。なぜ、赤城文太郎は告白しないのか」

「赤城文太郎にとって長尾家は主家だ」

幻宗が腕組みをして呟く。なぜ、当たり前のことを言うのかと不思議に思った。

しばらく考えていた幻宗が腕組みを解いた。

「いちばん悪いのは誰だ？」

「……」

なぜ、幻宗がそのようなことをきくのか不思議に思ったが、

「もちろん、長尾久兵衛さまです」

と、答える。

「次に？」

「長尾さまの命令とはいえ、実際に手を下した赤城文太郎、それから押込みの仕業にして真相を隠蔽した三蔵です」

「殺された幸兵衛と内儀はこの三人に恨みを晴らせば浮かばれるだろう」

「はい」

新吾は幻宗の言葉の意味が解せなかった。

「気になるのは丑松の死だ」

いきなり、丑松のことを口にしたので、新吾は戸惑いながら幻宗の言葉を待った。

「丑松は長尾家に忍び込んだために殺されたのであろう」

「はい。斬ったのは用人の蒲原どのだと思います。そして、亡骸を畚に入れて亀戸の雑木林の中に埋めたのは中間だと思います」

新吾は長尾家の屋敷で見かけた大柄な中間を思い浮かべた。

「丑松を斬った用人には大義名分がある。屋敷に侵入してきた賊から主人を守るために斬ったのだ」

「……」

「その亡骸を遺棄したことは許せないが、長尾久兵衛の悪事が世間に広まるのを防ぐには屋敷と関係ないことにしたかったのだろう。新吾」

幻宗の口調が改まった。

「手を引け」

「えっ？」

「これ以上、この件で動くな」

「なぜでございますか」

新吾はきき返す。

「おそらく、明日でけりがつくだろう。その結果にたいしてどうのこうのという意見を持つな。そのまま結果を受け入れるのだ」

「先生はどうなるか、想像がつくのですか」

「わからん。だが、赤城文太郎が何をしようとしているか想像はつく」

「なんでしょうか」

「想像でしかない。見当違いかもしれぬ」

「それでも構いません。どうか教えてください」

「牢屋同心に、赤城文太郎に硯《すずり》と筆、紙を貸したことがあるかきいてみろ」

「どういうことですか」

「まず、そのことを確かめるのだ。それからだ」

「わかりました。でも、そのことを先生に告げるまでには、赤城文太郎は長尾家に移送されていると思いますが」

「赤城文太郎の企みを阻止するためではない」

「……」

「もう、夜も遅い。明日にしよう」

「はい」

新吾はもやもやした気持ちのまま、幻宗と別れた。

翌朝、新吾が牢屋敷に赴いたとき、ちょうど赤城文太郎が後ろ手に縛られ、奉行所の者に引き渡されて出かけるところだった。

新吾は文太郎に近付き、

「いよいよですね」

と、声をかけた。

「世話になった。そなたのおかげで歩いて長尾家に行ける」

文太郎は立ち止まって新吾に言う。

「今生《こんじょう》の別れだ。どうなろうが、俺には悔いはない。丑松も同じだろう」

「さあ」

文太郎は同心に促された。

一行は牢屋敷の門を出て行った。

それを見送ったあと、新吾は増野誠一郎に声をかけた。

「増野さま」

「何か」

「赤城文太郎に硯と筆、紙を貸したことはありますか」

幻宗に言われたことをきいた。

「いや。ありません」

「ないのですか」

「その必要もありませんから」

「……」

新吾は戸惑ったが、ふと気がついて、

「どなたかに頼まれて与えたことは?」

と、確かめた。

「土生玄碩どのに頼まれて貸し出したことはあります」

「玄碩どのに……」

新吾はふと胸がざわついた。

「増野さま。お願いがあるのですが」

新吾はそばにいた増野誠一郎に言う。

「なんですか」

「残すところ数日になりました。それまでに、土生玄碩どのから教えを受けておきたいことがあるのです。これから揚がり屋に入れていただけませんか」

「いいでしょう」

増野誠一郎はあっさり答えた。

それから、新吾は他の牢屋同心に導かれ、揚がり屋に入った。

玄碩は背中を丸めてあぐらをかき、新吾が入ってくるのをにやつきながら見ていた。

新吾は玄碩の前で腰を下ろし、

「玄碩さま。お訊ねしたいことがございます」

と、切り出す。

「何かな」

「玄碩さまは、赤城文太郎に頼まれて硯と筆、それに紙を牢屋同心から借りてやりませんでしたか」

「いや。なぜだ?」

「玄碩さまは借りていますね」

「うむ、借りた」

「なんのために借りたのですか」

「倅への手紙だ」

「書いたのですか」

「書いたが、出すのをやめた」

「どうしておやめに？」

「少し助言をしようとしたが、そんなことをする必要はないと思ってな」

「書いたものはどうなさったのですか」

「破いて捨てた」

「それはいつごろのことでしょうか」

「最近だ」

「玄碩さまはご家族から差し入れがたくさんあるようですね」

「たまにな」

「銭もですか」

「まあ、そうだ」

「赤城文太郎に融通したことはありますか」

「他人に金を渡すばかがどこにおる」

玄碩は声を引きつらせて笑った。

「じつは、赤城文太郎は谷村六郎という牢屋医師に銭を渡してある依頼をしているのです。その銭の出所が玄碩さまではないかと思ったのですが」

「もともと持っていたのだろう」

玄碩は動じずに言う。

「そうですか」

否定されたら、それ以上は突っ込めない。

「玄碩さまは、赤城文太郎が何をしたかご存じですか」

「知っている。主人に刃を向けたそうだな。とんでもないことをする奴だと呆れた」

「わけはききましたか」

「聞いた。病気を理由に若党をやめさせられることになったそうではないか。それは同情出来るが、だからと言って、主人に刃を向けるのはいただけぬ」

「その話を信じていらっしゃいますか」

「どういうことだ？」

「他の理由で、襲ったのではないかと思いませんでしたか」

「いや、思わぬ。赤城文太郎は病気を理由に理不尽な扱いを受けたのだ。その説明では腑に落ちないのか」

「はい。赤城文太郎は病に冒され、余命が幾ばくもないことをわかっていました。それなのに、病気を理由に若党をやめさせられるからと言って、主人に刃を向けるでしょうか」

「そのときは、まだ仕事が出来ると思っていたのではないか」

「いえ、すでに病気の深刻さを知っていました」

「それはどうかな。まあ、そんなことはどうでもいい。おそらく、きょうは赤城文太郎の命日になろう。ここで静かに見送ってやるさ」

玄碩は深くため息をついた。

「お邪魔して、すみませんでした」

新吾は詫びて揚がり屋を出たが、玄碩は何かを知っていると思えてならなかった。いずれにしろ、昼過ぎには長尾家でのことが伝わってくるはずだと、新吾は胸を切なくした。

五

夕方に帰宅すると、迎えに出た香保が、

「伊根吉親分がお待ちです」

と、伝えた。

新吾は何度か深呼吸をして、伊根吉の待つ客間に行った。

伊根吉は煙草《たばこ》を吸いながら待っていた。新吾が顔を出すと、煙管の雁首を煙草盆の灰吹に叩いて灰を捨てた。

「お待たせいたしました」

「いえ、あっしもちょっと前に来たので」

煙管を煙草入れにしまいながら言う。

「どうなりましたか」

挨拶もそこそこに、新吾はきいた。

「夕七つ（午後四時）に、笹本の旦那とあっしが長尾家を訪ねました。そこで、用人の蒲原どのから、赤城文太郎と長尾久兵衛が亡くなったことを聞きました」

「今、なんと？　赤城文太郎と長尾久兵衛が亡くなったと仰ったのですか」

新吾はきき返した。

「そうです。赤城文太郎は油断をついて縁側から部屋に駆け上がり、新しい若党の刀を奪い、長尾さまに斬りつけた。すぐに、用人の蒲原さまが赤城文太郎を斬り捨てたということです」

「親分もふたりの亡骸を確かめたのですか」

「確かめました。すでに、御徒目付が駆けつけていました。長尾さまの亡骸は座敷に寝かされ。赤城文太郎の亡骸は物置小屋に安置されていました」

「信じられません」

新吾は茫然《ぼうぜん》と言う。

「用人どのの話では、屋敷に来たときから赤城文太郎は具合が悪そうで、長尾さまの前に引き連れられたとき、急に苦しがったそうです。それで縄を解いたとき、いきなり若党を突き飛ばして侍の刀を奪い、縁側に駆け上がったそうです。用人どのがあわてて駆け寄りましたが、すでに赤城文太郎の刀が長尾さまの頸を斬っていたと。その赤城文太郎を用人どのは斬ったということです」

なぜだ、と新吾は信じられなかった。用人の蒲原は赤城文太郎の魂胆はわかっていたはずだ。それなのに、みすみす文太郎の思いのままに……。

「長尾さまの奥方とお子は？」

「親戚の屋敷から急遽《きゅうきょ》戻ってきたそうです」

「そうですか」

新吾はまだ素直に受け取れなかった。

翌朝、新吾は朝靄《あさもや》の中、永代橋を渡った。

まだ、施療院がはじまる前に着いて、幻宗の部屋に行った。

「先生、お聞きになりましたか」

新吾は興奮してきく。

「笹本どのが知らせてくれた。長尾さまの屋敷からも使いの者がきた。往診はいらないとな」

厳しい表情だが、幻宗は落ち着いていた。

「先生は、赤城文太郎が何をしようとしているか想像がつくと仰っていましたね。想像どおりでしたか」

「……」

「先生」

「赤城文太郎の動きは想像どおりだった。だが、まさか、長尾さまがこのような判断をするとは思わなかった」

「どういうことですか」

「もういい。終わったことだ」

「このままでは気持ちの整理がつきません」

新吾は訴えた。

「気持ちはわかる。だが……」

「牢屋同心は、赤城文太郎に硯、筆、紙を貸し与えていなかったそうです」

「ない？　そんなはずはない」

「土生玄碩どのに貸し出したことはあったそうです」

「玄碩どのか。そうか、玄碩どのであったか」

「玄碩どのが赤城文太郎に手を貸しているということですか」

「赤城文太郎の立場になって考えてみろ。そうすれば、赤城文太郎が何をしたかわかる」

「……」

「そろそろ、支度をしないとな」

幻宗は腰を上げた。

「私にわからないことがあります。なぜ、赤城文太郎は事実を隠しているのでしょうか。なぜ、長尾久兵衛さまの非道《ひどう》を告発しなかったのでしょうか」

新吾は幻宗を見上げてきいた。

「わからぬのか」

「はい」

「赤城文太郎も丑松も、それから『井筒屋』の寮番夫婦もみな同じ思いだ。あくまで狙いは長尾久兵衛だけだ。そのことを考えれば、赤城文太郎が何をしたかおのずとわかる。では。わしは療治部屋に行く」

「はい」

新吾も立ち上がり、いっしょに部屋を出た。

施療院をあとにしてから再び永代橋に差しかかるまで幻宗の言葉を考え続けた。永代橋の真ん中で立ち止まり、欄干《らんかん》に寄った。

富士がくっきり見えた。少し冠雪しているようだ。富士を見つめながら、幻宗の言葉を思い返す。

赤城文太郎も丑松も、それから『井筒屋』の寮番夫婦もみな同じ思いだという。赤城文太郎は長尾久兵衛を斬った理由を偽った。なぜ、『井筒屋』の内儀を凌辱したことを口にしなかったのか。

丑松や寮番夫婦は内儀のおゆみの名誉のためにあえて声を呑んだのであろうことはわかる。赤城文太郎も同じ思いだったのか。それとも、丑松にそのことは公にしないでくれと頼まれたのか。

やはり、頼まれたのかもしれない。しかし、それだけだろうか。赤城文太郎の狙いはあくまでも長尾久兵衛だけだ。狙いは長尾久兵衛だけ……。そうだ、赤城文太郎は長尾家を潰そうとまでは思っていなかったのだ。いや、長尾家には影響がないように配慮していたのではないか。

もしや、硯、筆、紙は……。

新吾は欄干から離れ、牢屋敷に急いだ。


新吾は揚がり屋で、土生玄碩と向かい合った。

「どうした、そんな血相を変えて」

玄碩は目を細めて見た。

「玄碩さまは赤城文太郎から手紙を預かりましたね」

「なんのことか」

「長尾久兵衛さまの非道を告発する内容の手紙です。もし、赤城文太郎だけが死に長尾さまが無事であったら、その手紙を御徒目付に渡すことになっていたのではありませんか」

「……」

「長尾さまの屋敷に引き渡された赤城文太郎は長尾久兵衛さまと取り引きをした。いや、用人の蒲原どのとかもしれない。長尾家を守りたければ長尾久兵衛さまに死んでもらう。それがいやなら非道を告発した手紙が御徒目付に渡るようになっていると」

「……」

「赤城文太郎は長尾家が改易になって奥方や息子が不幸になることを望んでいなかった。でも、長尾さまがあくまでも責任をとろうとしないのなら、最後の手段に打ってでると長尾さまに迫ったのではないでしょうか」

新吾は胸に迫る思いをかみしめながら、

「用人の蒲原どのの話のとおりだとしたら、長尾さまは赤城文太郎の縄を解くように命じ、わざと斬られたのでしょう。長尾家を守るために」

「どうしてわかったのだ？」

玄碩がきいた。

「どうして、わしが手紙を預かっているとわかったのだ？」

「硯、筆、紙をあなたが借りたからです。もっとも、手紙のことを見抜いたのは幻宗先生です」

「幻宗か」

玄碩は口元に笑みを浮かべた。

「その手紙はどうなさいましたか」

「細かく千切って雪隠《せっちん》に捨てた。二度と、誰の目にも触れることはない」

「これですべて終わったということですね」

「そうだ。あの男は百姓の子だったが、本物の侍になろうとしていた。主人の命令とはいえ、罪のない者を斬ったことで苦しんでいた。そのことが病を呼んだのだ、罰《ばち》が当たったのだと思ったそうだ。長尾久兵衛に恨みを持っても主家には忠義を尽くしたいと言っていた」

「もしや、玄碩さまがいろいろな助言を？」

「助言というほどのことではないが」

「私は牢屋医師をやめることになりました。玄碩さまがここを出られたらぜひお目にかからせていただけますでしょうか」

「ぜひ、訪ねてきてくれ」

「ありがとうございます」

新吾は揚がり屋を出た。

それから、新吾は『井筒屋』の橋場の寮に向かった。

半刻後に、新吾は寮の部屋で、伊助とおときに会って、長尾家で起きたことを話した。

「赤城文太郎は長尾家を助けたのですね。おかげで、内儀さんのことも世間に知られずにすみました」

伊助がしんみり言う。

「赤城文太郎が病に冒されたのも幸兵衛さんや内儀さんの怨念だったのかもしれません。病気になったからこそ、罪の大きさに気づき、罪滅ぼしのために赤城文太郎は丑松さんの思いに加担したのかもしれません」

新吾が感想を述べた。

「丑松さんのことはどうなったのでしょうか」

おときがきいた。

「丑松さんは長尾家に忍び込んで斬られたのです。丑松さんは盗み目的で屋敷に侵入したことにされてしまいます。死体を遺棄したことは罪に当たりますが、丑松さんは暴漢に襲われて殺されたことになるのではないでしょうか」

「丑松さんもそれで満足でしょう」

伊助は言い、

「丑松さんの菩提《ぼだい》は私たちで弔ってやります」

と、おときと顔を見合わせた。

笹本康平たちもそれで納得するはずだ。笹本は自分が手札を与えていた三蔵が事件に関わっていたのだ。深く追及すれば、自分の責任にも及びかねない。

新吾はふたりに見送られて、寮をあとにした。

牢屋敷の最後の日、新吾は増野誠一郎をはじめとする牢屋同心や下男などに挨拶をし、最後にもう一度詰所に寄った。

伊吹昭六に谷村六郎、川島文拓、そして三輪田良斎が揃っていた。

「宇津木どの。わしの代わりをごくろうであった」

「いえ」

「わしが急に江戸を離れることになって、そなたに代役を頼みながら、わしの予定が急に早まった。なんだか、そなたを翻弄してしまったようですまないと思っている」

三輪田は頭を下げた。

「いえ、そんなことはありません。でも、どうして予定が早まったのでしょうか」

新吾は何気なくきいた。

「わからぬのだ。小田原の医家のひとりが江戸に赴くことになり、わしはその代役を半年間頼まれたのだ。まあ、まだ、代わりが見つかっていないのに、なぜ帰されたのか不思議だった」

「なぜ、三輪田先生が代役に？」

「小田原の医者はどこかの藩の近習医になるそうだ。それほどの医者の代役が出来るのはわししかいないということだ」

三輪田が少し誇らしげに言う。

「どこかの藩の近習医とは、どの藩なのでしょうか」

気になって、新吾はきいた。

「どこだったかな」

三輪田は首を傾げた。

「松江藩では？」

恐る恐るきく。

「そうかもしれぬな」

「そのお方の名は？」

「花村潤斎さまだ」

耳元で何かが破裂したような衝撃を感じ、思わず声を上げそうになった。

「どうかなさったか」

三輪田が不思議そうにきいた。

「いえ」

新吾はあわてて首を横に振る。

三輪田の予定が早まったのはたまたまか。そこに何らかの意図があってのことではないのか。つまり、新吾を早く松江藩に迎えるために、三輪田を返したのではないか。

新吾を松江藩のお抱え医師に復帰させるために何か大きな力が働いている……。

考えすぎだ、と新吾は思い止まった。そこまでして新吾を早急に迎えなければならない理由が松江藩にあるとは思えない。

なんとなく引っ掛かりを覚えたが、新吾は牢屋敷を引き払い、挨拶のために松江藩上屋敷に向かった。

いよいよ、明日から松江藩の番医師としての新たな暮らしがはじまるのだ。ひょっとしたら、小舟で嵐の海に漕ぎだすようなものかもしれない。だが、それでも突き進んで行かねばならないのだと、新吾は覚悟を固めていた。

本作品は書き下ろしです。

双葉文庫

こ-02-29

蘭方医《らんぽうい》・宇津木新吾《うつぎしんご》
遺文《いぶん》

2020年4月19日　第1刷発行

【著者】
小杉健治《こすぎけんじ》

【発行者】
箕浦克史

【発行所】
株式会社双葉社
〒162-8540 東京都新宿区東五軒町3番28号
[電話] 03-5261-4818(営業)　03-5261-4840(編集)
www.futabasha.co.jp
(双葉社の書籍・コミックが買えます)
【印刷所】
大日本印刷株式会社

【製本所】
大日本印刷株式会社

【CTP】
株式会社ビーワークス

【表紙・扉絵】南伸坊
【フォーマット・デザイン】日下潤一
【フォーマットデジタル印字】恒和プロセス

落丁・乱丁の場合は送料双葉社負担でお取り替えいたします。
「製作部」宛にお送りください。
ただし、古書店で購入したものについてはお取り替えできません。
[電話] 03-5261-4822(製作部)

定価はカバーに表示してあります。

ISBN978-4-575-66996-1 C0193
Printed in Japan